KB235243

하 루

하 루

초판 인쇄   2017년 3월 20일
초판 발행   2017년 3월 24일

지은이   차주도
펴낸곳   도서출판 말벗
펴낸이   박영이
등록번호   제2011-16호

주소   서울특별시 영등포구 문래로4길 4 현대상가 204호
전화   02)774-5600
팩스   02)720-7500
전자우편   malbut@korea.com
ISBN   978-89-960407-9-8 03810

www.malbut.co.kr
ⓒ 차주도 2017

• 본 책은 저작자의 지적 재산으로서 무단 전재와 복제를 금합니다.

하림 시인선 01

하 루

—

차 주 도 시 집

말벗

미얀마의 작은 섬에 살고 있는 '올랑 사키아'라는 부족에서는 갓 태어난 아기의 나이가 60살이고, 해마다 나이를 한 살씩 줄여가 60년 뒤에는 0세가 된답니다.

제 나이가 이제 한 살입니다.

지난 60년간은 우왕좌왕 살다 한 세상을 지냈습니다.

덤으로 주어진 시간들을 잘 놀기 위해 좌충우돌한 기억들을 '하루'라는 시제로 모아보았습니다.

평범한 삶이 가장 아름다운 시입니다.

부끄러운 삶의 단면을 첫 번째는 신변잡기로 그렸고, 두 번째는 하늘로 먼저 보낸 큰아들의 기억을 아프지만 견뎌내는 가족들 모습을 그렸고, 세 번째는 탁구라는 직업으로 마지막을 치닫는 인생을 그렸습니다.

열심히 살아가는 차주도(車柱道)의 하루로 기억해 주시면 고맙겠습니다.

2017. 3

차 주 도

차례

/ 제2장 / **망각의 늪**

/ 제3장 / **탁구를 친다는 것은**

시를 쓴다는 것은

부목

차주도 시집

갈 길이 바빠서
우왕좌왕 살다보니
빠진 부목을 수리 못했다.

부모님이 가르쳐 준
삶의 타래를 풀다 보니
그리워할 줄 몰랐다.

삼십팔 년 지난 오늘
소주 두 병, 맥주 여섯 병
보쌈 한 접시, 문어 한 접시
두 시간 삼십 분의 시간
충분했다.

쫓기면서 살아온 세월 속에
단련된 잔잔한 미소가
그리워할 줄 알았다.

손잡고 헤어진 광화문 네거리에
빠진 부목이 끼워져 있었다.

몽블랑 만년필

이게 명품이란다.
학교 다닐 때 백 자루의 가격과 견주다니

조합장인 사돈어른 결재 때
사용하면 어울릴 것 같아
선물하고 나서는
아빠 괜찮죠 하는 큰아들 말에
시를 쓰는 내가 더 어울릴 텐데…

서운함 눈치 챈 큰 처남이
이니셜 새긴 만년필을 슬며시 내민다.

시를 만들라구
진솔한 시처럼 살라구

야화

눈치 못 채고
술 먹다
벚꽃이 피어 버렸다.

이런 제기랄
늘상 하던 짓인데
뜸을 줘야지

새벽 길
탓 한다.

詩를 쓴다는 것은

시를 쓴다는 것은
어젯밤 꿈속에 일어난 일들 중에
한 대목을 끄집어내는 일입니다.

시를 쓴다는 것은
뻔뻔스런 오늘 하루를
염치와 체면으로 손 씻는 일입니다.

시를 쓴다는 것은
마음을 다잡는 일입니다.

시를 쓴다는 것은
건강하게 잘 살아가고 있다고 알리는
폼 잡는 일입니다.

여행 I

카주도 시집

어쩌면
우리는 죽어가는 하루를
기억하기 위해
몸을 학대하는지도 모릅니다.

수십 년간 살아 왔던
이야기보따리를
적나라하게 펼쳐도
마냥
웃을 수 있음은
인정하는 삶이 바다 속으로
살며시 스며들기 때문입니다.

어쩌면
우리는 살아 있는 하루를
오롯이 기억하기 위해
바다 속으로 마음을 던질지 모릅니다.

여행 Ⅱ

끊임없이 밀려오는 생각들
남도 벚꽃에 날리고
빗방울 추적이는 선로 위에서 하늘을 본다.
하루를 시작하기 위해서는
기억을 지워야 한다.
비릿한 슬도의 바다라든가
취한 척하는 우정이라든가
잊기 위해 떠드는 말의 장난이라든가
다시 꺼내기 위해서는
잠시 가둬 두어야 한다.

더러, 예림이 닮은 시를 쓰고 싶다

차주도 시집

두 돌 지낸 예림이가
말하는 그대로를 표현할 줄 아는
시를 쓰고 싶다.

싫고 좋음을 눈치 보지 않는
시이고 싶다

어설픈 춤을 추면서도
눈빛만큼은 전부를 아우르는
자신 있는 시를 만들고 싶다.

하루의 노동이 깊어
잠을 푹 자는 여백의 밤을
기록하는 시를 가지고 싶다.

목소리만큼 신비한 음색을 캐는
시를 담고 싶다.

차주도 시집

아내 문자에 대한 답변

막
손짜장 곱빼기 먹었어
이젠 식도락가가 되었는지
직접 가서 먹어
그래야 퍼지지 않아 맛있거든
우리 사랑도
이런 면발처럼
타이밍을 지키는 원숙한 믿음이
행복을 지배하잖아

남이섬

견뎌야
살고
용서해야
이기고

바람이 눈물을 만들고
눈물이 헤적이는 마음

산다는 건
견디고 용서하는 기술

놀고 싶다

바다를 보고 싶다.
파도치는 바다를 보고 싶다.

바닷속 보물을 켜면서도
욕망을 담지 않는 어부의 선한 눈빛 속에 녹아
잔잔한 마음만이 출렁이는 바다를 보고 싶다.

햇살이 옷을 벗긴 침묵의 바다를 보고 싶다.

바람에 코를 스미는 비린내를 안주삼아
소주 한잔 하고픈 그런 바다를 보고 싶다.

사람 짓

치주도 시집

하늘에서 보면
순서를 정해서 행동하는 거
다해보고 싶은 짓 가리는 거
가령 슬픔이라는 거
가령 기쁨이라는 거
하루가 살아 있다고 믿는 오늘이
모두 우스울 것이다.

땅에서 보면
하루를 열심히 보낸다는 것은
하루를 연장하기 위한 수단이고
하고 싶은 짓 가리는 것은
다음날을 보장받는 욕망의 저축이고
기쁨이나 슬픔을 되새김질하는 것은
열어보지 못한 내일을 꿈꾸고 있다는 거
다 사람 짓이다.

치주도 시집

봄날

세월이 흐르면
흔적도 없는 한 줌의 재인 나를
너무나 사랑해서
나를 사랑한 가족을 사랑해서
가족 같은 친구를 사랑해서
의미 없는 하루를
의미 있는 하루처럼 보내는 봄날
작년 이맘때쯤 쳐다본 벚꽃
오늘 설렐 수 없는 그런 봄날
흔적도 없는 한 줌의 세월을 지워가는 오늘
지나가겠지

산다는 것은

차주도 시집

하늘을 본다.

하늘을 늘 본다.
살아 있는 동안 부끄럽지 않으려고

하늘을 가끔 본다.
몸에 낀 때 씻어 달라고

마음은
가끔 흔들려도 제 자리로 돌아오는 바람
정신은
한결같은 마음

제 마음이에요 미안해요

차주도 시집

네 살짜리 예림이가
처음으로 친할머니와 잔다고
응석부리는 날
할머니는 감격해서 목욕시키고 재우는데
잠자지 않고 칭얼거린다.

엄마한테 가고 싶다고
엄마가 보고 싶다고

마지못해 엄마에게 보내는 할머니의 등 뒤에서

제 마음이에요.
미안해요.

팁을 던지는 예림이의 말이
詩보다 짜릿하다.

사람에 취하고 싶다

한 겹씩 벗기면 벗길수록 투명한 속살을
드러내는 사람을 만나고 싶다.
부딪치는 세상에 믿고 의지할 곳은
사람밖에 없는데
사람이 무섭다고 하는 말은 씻고 싶다.
주변을 돌아보면
있는 듯 없는 듯 조용히 소신을 저버리지 않고
굳건한 침묵으로 하루를 만들어가는 사람이 많다.

한 겹씩 벗기면 벗길수록
투명한 속살을 드러내는 사람에게
취하고 싶다.

어제 아닌 오늘

차주도 시집

미친 듯이 일에 매달려도 보고
절절하게 사랑을 찾던
젊은 날의 기억이
스산해지는 가을의 문턱에서
더욱 가슴을 짓누르고

최선을 다하고 있다고
삶에 말을 던지지만
살아 있는 것에 감사를 느끼며
어제처럼 지나간 하루의 기억을
소망스레 기록할 수 있었으면 하는 바람이
마음을 뛰게 하는 오늘

바람 부는 거리에 서서
세상이 쉽지 않다는 것에
절을 하고 있는 그림자를
물끄러미 쳐다볼 뿐.

차주도 시집

가을 Ⅰ

어제 본 하늘보다
오늘 본 하늘이
더 넓은 우주 같고 깊은 바다 같다.

눈부신 햇빛이 어제 아닌 오늘보다
내일이 있다는 설렘으로 다가오는 아침
마냥 흡수되는 술처럼
친근한 가을이 이미 몸에 배여 있었다.

가을 Ⅱ

차주도 시집

열심히 땀 흘린 코트에서
밟아버린 라인
생각 없이 관중 속으로
뚜벅뚜벅 걸어가는 그림자.

사람

아침이 차가워지면
따뜻한 온기가 도는 사람을 만나고 싶다.

보고 싶었다는 말 한마디에
수북이 쌓인 노란 은행잎들만큼이나
그리웠다고 눈빛을 던지는 사람을

"잘 계시지예. 한번 보이시더"라는 말 한마디에
모락모락 김이 나는 해장국에 술 한 잔 대접하며
세상사 잊고 싶은 하루를

그런 사람이
있다는 생각만으로도
아침이 따뜻해지고
가슴이 뜨거워진다.

하루

차주도 시집

하루를 지내면서
아쉽다는 건
열심히 보낸 행복한 하루의 기억을
유지하고픈 욕심인 거

행복한 하루의 선물 속에는
참고 기다리는 시간의 전쟁을 치르면서
열어보지 못한 내일이
어스름한 저녁 불빛에 보인다는 거.

너무 고상한 척 마라
인간은 속물
다만 거울을 볼 뿐.

人

별이 하늘에서 유난히 빛나는 것은
달이 있기 때문이다.

거룩한 친구

하루를 만나도
십 년을 만난 느낌이 있는가 하면
십 년을 만나도 하루의 정을 나눌 수 없는
덤덤함이 익숙한 술자리에서
만남의 예가 정중한 한 사람을 본다.
마누라와 이혼하고
길보다 낮은 방에 살면서
모임의 회장직을 유지하기 위해
온갖 일 마다않고 발품 팔아
찬조금을 내기도 하고
술값을 내기도 한다는 솔직한 말에서
치부를 고해성사 하듯이 담담히 뱉는
나지막한 목소리의 울림에서
오늘 저녁 거룩한 한 친구를 보았다.

차덕규 할아버지

동그란 안경테에 비친 눈이
돋보기여서 그랬을까?
유난히 큰 눈에 긴 다리
언제나 말끔히 차려입은 백색의 한복이 어울렸던
팔자수염의 근엄한 선비

새학기가 되면 잉크 냄새가 밴 새 책들을
일일이 포장하여 붓글씨로
국어, 산수, 사회, 도덕이라는 글씨체에
정신을 만들어 주신 이

무엇보다 팔 부 정도의 식사만으로
남은 쌀밥과 계란찜을 눈독 들였던 우리들
그 시절의 할아버지는 몇 세였을까?

초보 할아버지가 된 지금
가슴속의 할아버지처럼 품위를 보여줄 수 있을까?

서울 상경 전날 밤
주도야 오늘은 내 방에서 자자는 말씀에

뜻도 모르고 무서운 존경 속에 지낸 하룻밤이
인연의 끝자락인지도 몰랐으니…

柱道란 이름 지어 주신 이
제주도니, 술박사니 하며
놀림의 이름이라 조금 부끄러웠지만
기둥 柱에 길 道란 이름에
자부심을 느낍니다.
돌림 柱에 道는 저밖에 없다는
자부심 말입니다.
할아버지 생각만큼 도는 아니겠지만
그동안 최선을 다했고
소탈해졌다고 어리광도 피우고 싶습니다.

무수리 참빗 같은 할머니

오일장이 열리는 전야
우리 집은 사람들이 한명씩 한명씩 모입니다.
군북역을 중심으로 시장이 형성되는데
길목인지라 자연스레 사람들이 모이면서
갖는 추억이 새록합니다.
어떤 이는 댓병에 간장을 가득 담아
팔러 와서 간장 냄새 찌들고
어떤 이는 고무신 고치는 기계 들고 와
신기하게 구경하고
어떤 이는 소고기 돼지고기 잔뜩 가져와서
누린 냄새 묻어나고
무엇보다 압권은 숙주나물 팔러 온
할머니의 기억입니다
숙주나물에 가끔씩 물을 주면서
비슷한 연세의 우리 할머니와 조곤조곤
주거니 받거니 하시는 대화가 잠이 들어 깨어보면
날이 새는 새벽까지 이어지는 정황에 놀랐습니다.
5일마다 만나면서 무슨 사연이 그리 많은지
동병상련일런가?

그 할머니는 할아버지가 없으신가?
우리 할머니는 삼백 미터 옆 작은집에 기거한 할아버지 탓일까?
긴 담뱃대를 탁탁 털며 나오는 연기와
새벽안개가 맞물린 삶의 여정들…
소풍 끝난 하늘 위에서도 만나고 계실는지

결혼하기 전에 아내를 인사시키자
참빗으로 곱게 단장한 할머니 첫 말씀
새악씨 참 새첩데이…
그 눈빛은 아직도 시로 표현 못합니다.

할머니의 중얼거림으로 시작된 하루가
가족의 안녕을 기원하는 정신줄이었는데
그땐 몰랐습니다.
지갑 열기엔 어려 부끄러웠습니다.
그래도 할머니 여전히 손주 이뻐하고 계시죠?

주도에게

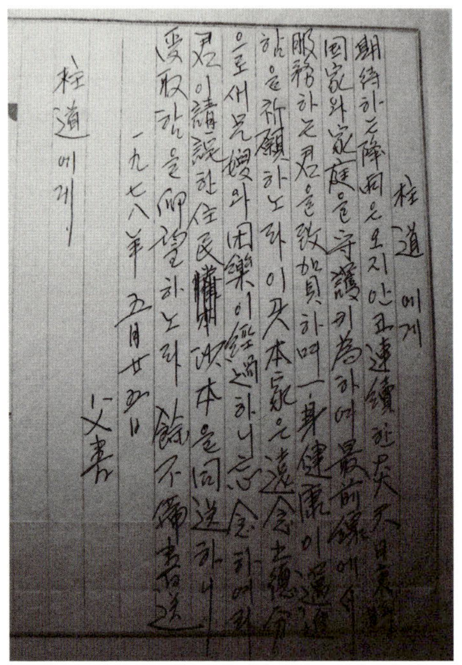

근면 성실을 보여준 아버지 그립습니다.
남들 눈에는 어떤 모습의 사람이었는지 궁금치 않고 저에겐
아버지로서 최선을 다한 아버지가 가슴에 있습니다. 정의로
운 사나이에서 힘 빠진 노인으로 변해 가는 삶의 여정 속에
좀 더 잘해 드렸다면 하는 후회가 듭니다.
이 한 장의 편지는 저에게 가장 훌륭한 시입니다.

                                   차주도 시집

비움

58 나이에 93 엄마 있으니
가진 게 너무 많다.

한 일 없이
이 땅에 태어나
살기 위한 삶 살다보니
신비로운 세상을 보지 못했다.

얼마나 아름다운 사람이 많은데
맞는 사람만 쳐다보고 좋아했다.

인생은 단임제
더 생각할 틈 없다.

솟아오르는 새해
사람 짓 해보자.

존 웨인 같은 아버지

아버지는 단순하시다.
계산이 필요없는 분이시다.
옳다고 생각하면 뒤도 돌아보지 않는 분이시다.

아버지의 기억은 추석 때 씨름대회가 열리는
군북의 어디쯤이었는데
연승을 하는 젊은이에게 도전할 분 있느냐는
심판의 말이 떨어지자마자
사십 대의 아버지가 손을 들고 나가신다.
세상 살기 싫다고 농약을 마시고
사경을 헤맨 지 얼마 됐다고
어머님이 모든 것을 버리고 살려놓았더니
추스르지 못한 몸으로 씨름판에 도전하는
무모한 기백이 아버지였다.

팔만 원에 시골집을 팔아 무작정 서울로
상경하면서 시작된 아버지의 삶은
누구도 따라올 수 없는 신앙이 하나 있었다.
자식을 키운다는 거
잘 키워야 한다는 사명감에 자존심을 버린 채

외상 봉지쌀과 약값을 월급날 계산하는
금호동 시절의 아버지는 보안관이었다.
아버지의 그늘에서는
가난한지 몰랐다.

가난을 기억할 수 없었다.
비록 없이 살았을지라도 정신적 풍요는
희망을 품기에는 충분했다.

존 웨인 같은 아버지라는 동생의 말이
이런 뜻이었을까?

아버지

차주도 시집

남쪽에는
산수유가 피었다고 하지만
꽃샘추위가 싫어 두터운 잠바 걸치고
또 하루를 시작합니다.

세월이 흐를수록
사랑하지도 않은 아버지가
불현 듯 나타나
눈은 흐려지고 마음이 갇혀
일터 정거장을 놓쳤습니다.

바보같이 눈망울이 젖고
콧등이 짠해 오는 순간이
정지시키고 싶은 시간이었는지
살아 계신 어머니를 챙기지 못하면서
넋두리 펴는 염치는
여전한 자식입니다.

삶이 무언지 모르는 초등학교 시절
남들의 시선과 상관없이 병상에서 일어나

씨름판에 우뚝 섰던 모습은 잊을 수 없습니다.
금호동 단칸방 월세집에서
양동이 몇 개 놓고 떨어지는 빗물 잡느라 밤을 뒤척이는
모습을 못 본 척 아무렇지 않게 아침을 맞는 기억도,
가난함을 눈치 못 채게 등록금 제일 먼저 챙겨 주신 삶의 잣대도
사랑에 묻혀 건방져 버린 자신이
오늘 따라 부끄러워집니다.

금호동 산 14번지 꼭대기 무허가 주택에서
회사 빨래를 도맡아 노동하여
삶의 근간을 만드신 깊은 정신도
드러나는 자존심에 마음 닫힌 내색을 접었던 그때가
오늘 아버지의 나이에

아버지처럼 살았나?
치열하게 살았나?
전부를 던졌나?

부끄럽습니다.
산수유 지고
벚꽃, 개나리, 진달래, 목련 흔적이 남아 있는
다음달
큰절 올리겠습니다.

보고 싶다

어제는 아버지 유전자를 받은 사남일녀가
94 엄마 모시고 누나 회갑 기념과 어버이날을 맞이해
프랑스 요리를 전문하는 레스토랑에서 세 시간의 환담과
여흥으로 노래방에서 아버지 애창곡 해운대 엘레지와
어머니 애창곡 동백 아가씨를 구성지게 부르는
동생의 떨림에서 감사함과 허전함이 교차하는
사진 한 장 만들어졌습니다.

물려준 것 없다고
공장에서 온갖 것 관리하시면서
여직원들 가방에 옷 몇 점 슬쩍한다고
귀띔하는 아버지.
설령 그럴지라도 그들의 보너스라 생각하시고
의심하지 마시라 하자
담박 귀싸대기 때리고
새벽에 용두동에서 구의동까지 하얀 눈을
터벅터벅 밟으며 걸어가신 아버지 마음.

이 나이에 보고 싶습니다.
눈물 나도록 보고 싶습니다.

아버지를 사랑하지 않았지만
유전자를 갖고 사는데
자부심을 느낍니다.

아버지 마음 속 어머니
잘해 드리고 싶은데
늘 핑계만 됩니다.

어머니 I

어머니
당신의 모습 유난히도 가슴을 저미는 것은
해 저무는 마지막 날
새로움을 만들려는 오늘
눈시울이 붉어지는 것은 무엇일까요.
삶이 무엇인지
생명이 무엇인지
산다는 것이 무엇인지
알 수 없는 명제 속에 풀 수 있는 보따리
모성
당신 끈질긴 삶의 타래는
포기할 수 없는 일거리와 줄길 줄 아는 생활을 가르쳤습니
다.

어머니 Ⅱ

어머니
오늘은 그냥 울고 싶습니다.
그냥요
좀 챙겨 드리고자 전화 한 통 올린 것이
챙김을 받는 수동적인 자세가 되어 버리는 어머니의 목소리는
여전히 단아하면서도 잡초처럼 생활을 일깨운
결단심을 생각해 봅니다 .
사람의 목숨은 현재, 과거, 미래를 혼돈하면서
시간이라는 저울에 실려 거슬릴 수 없는 진리 앞에
참모습을 느껴지는 것은 나이 탓일까요.
어머니
숨 가쁘게 뛰어온 지난날들을 후회하지 않습니다.
어머니 모습처럼 기다릴 줄 아는
삶의 진실을 깨닫겠습니다.

93

나이는 숫자에 불과하다고 하지만
한 살 한 살 주름지는 만큼 아름다워집니다.

깊은 주름에
보청기를 끼고도 굳이 들으려하지 않으시고
일구어 논 자식들을 쳐다보는 침침한 눈빛에서
내려놓음의 편안함을 봅니다.

아버지의 실직과 방황 때
단호하게
서울로 무작정 상경
자존심 다 버리고
신세지며 지킨 우리

그런 우리도
할배, 할매 되어
어머님 생신에 모이다 보니
세월 앞에
감사하고 고맙습니다.

더 감사하고 고마운 시간들은
조용히 알려주신 어머님의 뜻을
이제사 조금 느껴집니다.

콩 하나로 아홉을 쪼개 나눠 먹는다는
삶의 지혜를 배우겠습니다.

어머님 생각하면
바보처럼 눈물만 고입니다.

58

젊디젊은 엄마 품에
쳐다보인 하늘에는
초승달이 걸려 있고
길 밝히는 별들 무서워
얼굴 묻고 베어 먹던 아오리 사과
멍드는 풋사과

눈물이 흐른다.

내 나이 58
93 엄마

흐느적거리는 나를 업고
병신될까
십리 길 뛴 엄마 심정을
이제사 알면서도
잘난 척
잘난 척하는 아들
꾸겨주는 용돈
아직도 좋아하는 엄마

오늘
엄마 배 홀쭉해진 날
식사해야겠다.

내 나이 58
93 엄마

엄마

엄마가 하늘로 가신 뒤
많이 힘들고 슬플 줄 알았는데
마음이 가벼웁다.

너무나 정갈하셔서
기저귀 찬 모습을 어떻게 소화할지
적당히 진행되는 치매 앞에
어떤 답을 만들지

나만 보면
두 손 꼭 잡고
뺨에 손등 문지르는 모습이
서너 번
그런 마음만을 읽었을 뿐

고맙습니다.
사람답게 사는 법을 가르쳐 줘서

누나

곱디고운 사랑
세월에 묻고
떠밀려 온 삶
떠밀려 온 설움
담벼락 라일락
향도 깊네.

주돈

나는 술값이 아깝지 않고
동생은 책값이 아깝지 않다.

가끔 탁구 레슨비로 시집을 가져오면
땀을 흠뻑 적셔주고
맥주 마시면서
쉬운 詩가 어렵다고 토하면
맞받아 주는 동생이 안주가 된다.

술과 탁구와 詩를
애기할 수 있는 동생이 있어
오늘밤도 좋다.

술 한 잔에 세상을 배웠다

살다 보면
더러
생각을 빗나가게 만드는 사람 있다.
비집고 들어갈 틈 없는 사람
같이 술 한 잔 마셔도
술맛 없을 것 같은 사람
어쩌면
그런 사람이 부러워서 경계했는지 모른다.
그런 사람이
대기업 부사장 자존심을 건드려
고민하다가
그 부사장 다니는 사람 많은 복도에서
무릎을 꿇었다는 대목에서
졌다 싶었다.

지키기 위해서
낮출 수 있는 사람

술 한 잔에
세상을 배웠다.

눈 내리는 십이 월 첫 날

차주도 시집

하루에도
수만 번 파도치는 가슴을
버틸 수 있게 만든 것은
마음을 던져준 네가 있어

나이테

열어보지 못한 하루를 알리는 새벽
하루의 나이테에 뭘 새길까.
한 끼의 식사를 준비하는 아내에게 감사함을
맑은 공기를 선사하는 나무에게 고마움을
일을 만들어주는 사람들에게 존중을

사는 건
파도를 타는 것이지
파도치는 대로 결 따라 넘어가는 것이지
넘다보면 열어보지 못한 하루의 설렘을 맛보는데
굳이 바다 속 깊이를 생각하는지

오늘 하루의 나이테는 뭘 기억할까.

친구

빛바랜 낙엽들이 한 움큼 한 움큼씩
모여졌다가도
바람이 건드리면
기웃기웃 이 무더기에 인사하고
저 무더기에도 흘깃거리면서
추억을 쓸고 담는다.

눈발 올 것 같은 하늘에는
잔가지만 보이고
쌀쌀한 날씨가 고독을 부추긴다.

생각나는 친구 있어 전화했더니
아산병원에 입원했단다.
십이 일 동안 대구에서 올라와 혼자 지내면서
얼마나 아팠을까
평생 고생시키는 아내에게 미안하고
여행 한번 함께 못해보고
입원해서 몇 백만원을 까먹고
카드 한도액이 그만큼 될는지 걱정이 됐다고
그래도 모자라면 나를 생각했다는 친구

고맙다고 했다.
바보 같은 사람
혼자 있었으면 연락이나 하지
그래도 우린 봄날이 있었잖아.
자식들 키우느라 정신없던 시절 중에
가끔 만나면 술을 마시며
끝까지 갈 수 있는 친구가 되자 했고
지금껏 지켰잖아.
마음에 있는 아내에게는 보험 많이 들어놓고
정작 필요한 자신에게는
건강할 거라고 믿어 놓쳤는데
이제 후회스럽고 눈물이 자주 난다는 친구
자존심 하나로 세상을 사는 친군데…
갈비탕 한 그릇에 마음을 비우고
동서울터미널에서 헤어졌다.

살아 있는 동안
볼 수 있는 만큼
보자구나 친구야.

눈발 올 것 같은 하늘에는
잔가지만 보이고
쌀쌀한 날씨가 고독을 더욱 부추긴다.

물을 붓고 싶다

차주도 시집

눈을 뜨면
생각이 흩어진다.
소중하고 작은 기억들이
꿈속에서 즐거움을 주건만

행복할 땐 행복한지 모른다.
가지고 있을 때 가진 것을 모른다.
가졌기에 욕심내고
더 가지려고
지키려고
줄달음질친다.
그게 본능이다.

이 가을날
텅 빈 가슴에
물을 붓고 싶다.

매미

그래도 여름이라고
나뭇가지 위가 아니라 땅을 침대 삼아 교미하는 매미는
인기척을 내도 죽은 척한다.
얄미워 발로 툭 치자
교성만을 내지 자세는 흐트리지 않는다.
몇 발걸음 옮기는데
매미 본연의 소리가 아닌
메에이~ 메에
마치 연어가 역류하듯 낑낑거리며
높은 나뭇가지를 향하는 매미를 보니
너하고 나하고 하루를 사는 생을 갖고
너는 나무 위로
나는 탁구장으로
습관된 훈련을 반복하는 여름날 아침
쨍쨍한 햇볕 속에 바람이
살 만한 하루를 만든다.

장난 아니데이

차구도 시집

아버지
잘 들어가셨어요?
힘든 일 있으시면 같이 나눠요.
라면 끓여 먹는 중에
카톡이 온다.
순간
눈물이 쏟아진다.
산다는 거
힘들어 나눠 가지자고 말하지만
아들이 나눠 가지자는 말이
장난이 아니데이.

꿈

시간을 잡아 놓고
게임을 즐기는 인생길이
너무 빨리 가기도 하고
이 순간을 잊고 싶은데
즐거움보다 배가 되는 고통을 꾸욱 견디면
기다림의 주름살을 느낍니다.

하루를 열심히 보내다 보면
어김없이 꿈이 나타납니다.
광장시장에서 새벽 일과를 마치고
내일을 준비하기 위해
평화시장, 신평화시장, 통일상가, 종합시장을 거치다 보면
참 재미있습니다.
자기만의 기법으로 다듬어진 어눌한 음성과 습관이
특유의 표정으로 굳어버린 상인들의 모습들
늘 신선하기도 하고
견주어 뿌듯하기도 하고
언젠가 눈빛을 피하고
자기만의 세계로
힘을 폈다, 놓았다 하는
거상의 가느린 미소를
나도 배우겠지.

손녀에게 (예림)

차주도 시집

봄바람 타고
봄비가 내려
벚꽃이 흐드러지는
2012년 4월 21일 오후 4시 26분
호연별을 노래하며
탯줄을 자르는 아빠와
사랑 하나만으로 열 달을 지킨 엄마의 가슴속에
으앙 으앙 세상과 인사했다.

콧등을 스미는 라일락 향기와
빌딩 숲을 바보로 만든 목련이
개나리와 어우러져 시작된 호연의 하루는
유난히 새까만 머리와
오똑한 콧날이
작은 두상과
긴 눈썹이
삼십 년 전 아빠의 모습보다
더 할배를 흥분시켰다.

예림 명화

인생은 그림 하나
그리움 하나
사랑은 사람의 진실이라고 읊조리든
할배가 망가졌다.
정해진 시간을 채우는 인생인데
흥분하고, 망가져서 감시하련다.
호연명화
한 점을 만드는
엄마, 아빠 사랑싸움을!

노동

하늘 맞닿은 바다 끝에
환하게 불을 켠 어부들이
삶을 노래합니다.

환절기

콧등을 스미는 서울의 공기가 수상스럽게
계절이 바뀌는 신호를 던질 때
눈은 여인네 뒷모습에 초점을 맞춘다.
제법 보일락 말락 하는 히프의 곡선이 적당한 균형을 유지할 때
굳이 앞모습을 보지 않는 게 신비로운 상상을 유지하고
오래 갈 수 있는 특유의 취향이 발동하는 것도
이 시기의 방황이다.
늘상 사람의 마음은 한결같다고 믿지만
흔들리는 바람에 머리카락을 만지작거리며
안경 너머 부족한 자신을 건드려본다.
이제 얻지 못해도 버릴 줄 알아야 상념 없이
아름다운 주름을 간직할 텐데
얼굴 지도엔 욕심이 가득
눈가에 주름 한 줄 희미하게 그어놓은
하 · 인 · 배
그래도 계절을 알리는 담벼락엔
산수유, 개나리, 진달래, 벗꽃, 목련들의 잔치에
빗자루를 들지 않고
그냥
맞이하련다.
아직은

사랑은

．

．

．

사랑은

．

．

．

뭐로도 담을 수 없는
사람의 진실

진정한 용기는
어떤 위험을 무릅쓰고
자기의 희생이 따르더라도
맹세나 원칙을 지켜야 합니다.

시간 여행

차주도 시집

심연의 바다에
놀던 고래가
낭만을 타고
기웃거린다.

갈대숲 강가에
스며든 새벽안개가
기억을 타고
술렁거린다.

돌아갈 수 없는
시간의 여행

욕심과 사람의 관계는
묘한 함수를 지니고 있습니다.
여리면 무능한 사람이고
강하면 언제 터질지 모르는 화약입니다.

오 땡! (55살에 느끼는 삶의 즐거움)

대청마루를 나와 누구 오줌이 길게 나오는지 비교하던 어릴 적 아침에 우체국 관사로 뛰어가 감나무에서 떨어진 떨감을 맛보던 그 시절을 지나 새벽안개가 한강변을 에워싸며 살포시 새색시의 포옹으로 하루를 여는 장관을 잠시나마 기억할 수 있다는 기쁨은 살기 바빠 보이지 않았던 젊음의 시간보다 행복을 찾을 수 있습니다.

부모님의 무작정 서울 상경으로 몇 개월의 이별에서 만남이 설레는 마지막 날 엄한 할아버지 하룻밤을 자자고 하십니다. 그날 하룻밤이 왜 그렇게 어렵고 길어 보이던지 지금 돌이켜보면 손자와의 영원한 이별을 예측한 할아버지의 마음을 그렇게 무심히 영화 속의 한 장면으로 보낸 삶과 이별의 기억이 그리워집니다.

무심히 쳐다본 하늘이 형언할 수 없는 저녁노을의 장관을 화폭에 담은 순간은 자연보다 더 아름다운 풍경이 없다는 진리가 삶의 자리를 툭툭 던져 버리는 지혜로 변하여 가끔은 가슴에도 남아 있습니다.

무엇보다 지금 가지고 있는 사람을 잃어버리고 싶지 않습니

차주도 시집

다. 오래 오래 그들과 아름다움을 간직하고 향내를 주고 싶습니다. 산다는 것이 더불어 있어 소중하고 진한 추억으로 도배된 마음을 늘 감사하며 살겠습니다.

시장을 떠나며

차주도 시집

세월은 시간의 배분 속에 가지를 치지만
인생은 주름살과 맞물린 욕망의 터널이다.

지난 십여년간 무엇이 이토록
경쟁의 덩어리에 깊게 빠져 버렸는지 모르지만
허상보다는 마음을 다스린 체면이나 객기가
나를 성숙시켰다.

직업, 그 자체의 프로의식에 관하여

사람이 속성은 무얼까
저마다 개성대로 행하는 삶이지만
그 자체는 숭고하다.
어떤 상황
어떤 모습이든
가리지 않고 자신과의 깊숙한 싸움은 처절하다.
프로라고 떠드는 모든 사람들의 아우성은
깊은 정취를 준다.
나이가 아닌 직업의 한계는
맥주 몇 잔에 흥분하는 격정이 아니라
삶이 무섭다는 몸부림이다.
무엇을 위해
이토록 사람들은 제각기 닮지 않은 자기 거울에
삶을 던지고 외유를 할까.

다짐

차주도 시집

남으로 향하는 기차를 타고
비친 바깥세상은 제법 산간에 개나리꽃이 칙칙하게
계절의 향기를 내뿜지만
가슴에 담긴 삶의 표상들은 처절하게 찢긴 채 표류한다.

조직을 만들어 승부를 걸었던 시장의 순수성이 고갈된 현재
적당한 타협보다 공존의 틀을 만들어야 한다.
공존은 리듬을 깨지 않는 순수와 합리다
걸어왔던 험난한 길보다
가야 될 파수꾼이 되어야 한다.

금주 – 기술적 혁신을 위하여

사람을 만나
친해지고 싶어서 술을 마시고
눈치 못 채게 마음을 열고 싶어서 술을 마셨다.

우리가 건강하니까 술 마시지
건강 잃으면 술도 못 마시지
객기 취한 목소리로
독창하고, 제창하고, 합창한 나날들의 기억을
이제 지워야 한다.

술 마셨던 삼십삼 년의 기억과
향후 이십 년의 행복을 보전하기 위해
습관을 바꿔야 한다.

사람을 만나
친해지고 싶어서 운동하고
눈치 못 채게 마음 열고 싶어서 탁구 친다.

파도

울진에서의 삶은 또 다른 모습이다.
결정을 내려놓고 어쩔 줄 모르는 현상은 나만의 자위 아니겠나.
넓은 바다 가운데 홀로 선 떠돌이의 삶 같이 고독스러워지는
것은 책임 때문일까?
모른다.
인생을.
장담 못하는 현실 속에 무엇이 최선일까?
비겁하지 않나.
두렵지 않나.
진솔되지 않나.
어느 하나에 편중되지 않는 무언.
바다는 그런 상념들을 삼키며 거품을 낸다.
아주 잔잔한 상징처럼.
사랑하고 싶다.
아내에겐 질퍽거리지 않아도 될 만한 돈을 주고 싶고
자식에겐 무한한 꿈이 영글 수 있도록 힘을 주고 싶다.
어떤 모습이든 내 삶의 자국 아닌가.
소리 좀 쳐보자.
바다 내음처럼 비린내 풍기는 모래섬에서 꽉꽉 소리치며
맞장구치는 갈매기 떼들을 응시하자.

세상이구나.
자연이구나.
너희처럼 마음대로 배설할 수 있는 자유를 주겠지 하늘은.

낙엽- 부치지 않은 편지

거리에 낙엽이 쌓이고
하늘엔 가지들이 성긴다.

나를 키우고 사회를 키우자는 친구
봉출, 영국, 철수, 주도의 약속은
나를 키운 건 밥벌이
사회를 키운 건 자식들
뒹구는 낙엽을 보면서 자위하지
최선이었는지 모르지만 열심히 살고 있다고

군대를 왜 가야 하는지
묻지도 않았던 삼 년이란 시간
어떻게 살아가야 할지 고민 많던 시절
그때 그 사람들을 만나러 간다.
재갑, 군호, 정환, 기성, 성희
언제 우리가 만나자고 기약한 바 없지만
그리웠겠지
세상 속에 살다가
그리웠겠지
철들었던 시절보다

비워졌겠지

이른 아침 서울역
일터로 나가는 얼굴들, 얼굴들
다들
삶이 있겠지
그 삶을 존중해야지
거리에
아직도 바람이 분다.

부모님은 HDL-콜레스테롤입니다

나뭇가지가 외로울 쯤
첫눈이 내렸답니다.
펑~펑
달려가 보고 싶었지만
레슨 중
회원들의 밝은 목소리에 만족했습니다.

일과를 마치고
장례식장에 다녀왔습니다.
삼일장의 끝자락에 아직도 왁지지껄
삶과 죽음의 이별 앞에 위로를 던질 사돈의 입장인데
돈 좀 되겠다는 생각이 먼저 드는 속물입니다.

늦게 도착한 미안한 마음에
정숙히(상당히 심각한 슬픔의 표정) 조문하는데
사돈은 저를 기다렸나 봅니다.
함께 식사하며 조용히 심정을 피력하더라구요.
돌아가심을 직감했을 때
후회가 순간적으로 이렇게 오는지 몰랐다구.
좀 더 여행을 다니고

좀 더 함께 시간을 보냈어야 하는데
사돈의 눈빛에
삶이 그런데 어찌합니까.
답하고 싶었지만 마음만을 담고
배려를 느낍니다.
돌아오며
우리는 아직 부모가 있잖아요.
아내의 말에
고맙기도 하고 잘하자는 심정이겠지요.

부모는
30초 안에 110만 드럼의 혈액을 통과하는
지구 두 바퀴 도는 실오라기 같은 혈관을 끝까지 지키는
보안관입니다.

사진 한 장 찰칵

습관에 젖어
일터로 나가다 시인이 됩니다.

거리에 수두룩 낙엽 쌓인 게
한겨울 눈 쌓였듯
마음 동하는 순간
나도 모르게 사진 한 장 찍습니다.
더 희한한 거
이 서울 거리에 사람이 없다는 겁니다.
의도적으로 시간을 기다리는 것도 아닌데
행운을 주는 오늘을 감사하며 생각합니다.

이맘때쯤
특별이자 강제로 청소부 아저씨들
휴가를 드리고 싶습니다.
누굴 위한 봉사보다
의미 있는 시간 만들어주고
우리는 자연이 주는 환상적인 장관을
방치하자는 겁니다.

눈을 밟으며 걷는 추억과
낙엽을 밟으며 걷는 감동을
함께 누리고 싶은 마음이 낭만일까요.

하늘에 걸친 은행잎들은
가만히 쳐다보면
황금보다 더 화려하고 투명함이
신이 주는 선물인가 봅니다.

인생 뭐 있어!

한 남자가 몸뻬 바지 입은 척
바지 혁대를 치켜 올려 엉덩이를 뱅뱅 틀며
던진 퍼포먼스
인생 뭐 있어?

웃다가 웃다가
정수리 맞은 느낌
겉치레 버리고 사람과 사람이 얘기하자는 거
인생 뭐 있어?

체면이 가려
간격 뒀던 틈새를 헤집는 우스꽝스런 소리
인생 뭐 있어?

어쩌면 정답 없는 인생살이
고집 부리지 말라는 경종
인생 뭐 있어?

내일 죽어도 호상이라는 친구의 말처럼
할 짓 다해 봤다고 믿었는데

엄포성 의사의 말에 항복했다.
술 줄여 오래 살아
잘 자라준 자식들 이쁜 짓 보고 싶고
늙어 체면 지킨 대가로 아내에게 대접받아 보고 싶고
인생 뭐 있어?

한 여자가 몸뻬 바지 차림으로
허리춤을 치켜 올려 엉덩이를 뱅뱅 틀며
던진 퍼포먼스
인생 뭐 있어!

하루 Ⅰ

차주두 시집

시간을 타고
1박2일 여행을 끝냅니다.
산기슭의 말총머리가
봄기운을 품었는지
뿜는 향기가 가슴을, 눈을 뜨게 만드는 하루
말장난 던지고
일상으로 돌아갑니다.
추억을 묻고

사랑은 나무

사랑은 나무
무성하게 존재를 알리면서도
조용하게 감출 줄 압니다.
잊어버리고 한 세월 보내다
살포시 색을 여밉니다.
망중한
즐기겠지
아파했던 기억을 접고
신세계의 꿈에 부풀어 잔치를 엽니다.
나이테의 사랑

장환에게 (파견 근무 나가는 아들에게)

장환!
예림이를 키우면서
온갖 정성을 다하는 부모의 심정은
건강한 모습을 보는 자체가 효도를 받는 것처럼
이 세상은 무한 사랑을 줄 때 존재가치가 있다.
돈 못 만드는 탁구장을 11년 운영하면서 많은 것을 생각하는
시간이었다.
발상의 전환!
조그만 능력도 봉사하며 삶의 소중함,
가치를 만들며 사는 소수 사람들의 행복 가치처럼
내가 가진 얄팍한 재능을 기부하는게 오히려 자존심을
지키는 방법이라 생각하니
사람들이 소중하고
역지사지의 입장에서 탁구 경영을 바꾸니
사람들이 점차 느는 모습을 보면서 가족에게 감사한다.
장환이 가정을 잘 꾸리는 모습이 아빠에게 든든한 힘이 되고
성환이 최선 다해 직장 찾는 모습 보니 더 열심히 살고 싶고
무어니 해도 든든한 아내 덕에 깔끔한 탁구장 만들다 보니
책임감이 든다.
사랑이다!

힘이 있을 때 최선을 다하여
토닥거리는 우리가 되자
네가 있어 행복하다.

휴가

참 많은 시간이 흘렀습니다.
이제는 돌아볼 시간이 있다는 것도 행복합니다.
정신없이 돈 벌겠다고 뒤돌아볼 시간 없이 흘러갔던
32년 전 결혼사진 한 장이 설레었습니다.
미칠 수 있다는 것은 사랑입니다

정답 없는 인생을 항해하는 고독과 의무감이
아직도 유효한지 자신에게 묻습니다.
제발 삶의 무게를 즐길 수 있는, 끈을 놓지 않는 성실이
향기가 되어
따뜻한 사람으로 각인되고 싶습니다.

이제 무얼 하고 살지?

사랑하자
버둥거린 지난 시절만큼
절실히 낮추겠습니다.

추석

이맘때면
괜스레 보고 싶고 그리워져
하늘을 보면
핑 도는 아련한 눈가의 흔적을
가슴으로 버팁니다.
추석날
추억을 많이 만드시고
기억하십시오.
아름다운 삶의 한 자락을!

인생은
출렁거리는 파도 속으로 치닫다가
심연의 바다를 그리워한다.

제 나이가 가을입니다

계절이 바뀌는 서울 거리는
여인네 옷차림에서 시작됩니다.
유행과 멀리 떨어진 옷들을
장롱 속에 끄집어내
잘 다듬어진 몸매를 과시하며
일터로 나가는 모습에서.
깊어가는 가을을 느낍니다

언제 이 더위가 가실까 하는 염려가
찰나인 것을 알면서도
마냥 그 속에 안주하고 시간을 붙잡아
지나온 세월을 보상받듯 행복을 지키다 보니
푸르른 잎새가 적당히 퇴색되어
또 다른 사람에게 안부를 묻고픈
오늘 하루!

제 나이가 가을인가 봅니다.

가을

차주도 시집

마지막 한 잎이 남아 있는 날까지
가을이라고 표현하는 것은
붙잡고 싶은 아쉬움 아닐까요?

바삐 살다가
허리 한번 펴니
세상이 바뀌어
바뀐 세상 타협하느라
허둥지둥

산다는 게
허무하고 아쉬워
이 가을을 붙잡나 봅니다.

하루 Ⅱ

가을은 왔고
겨울은 오고 있습니다.

거리에 덮인 낙엽은
온기를 돋우는 생명으로 돌아오는데

우리들은
늙어 갈 뿐입니다.

술의 품격

차주도 시집

대기업 신입사원 직무적성 검사장에
젊은이들이 몰려가는 광경을 봅니다.
긴장감에 담배를 연신 뿜어대는 모습이나
초롱거리는 눈빛으로 고사장을 향하는 발걸음에서
초가을의 신선함을 느낍니다.

많은 도전과 좌절 속에서 찾아오는 삶의 자리가
얼마나 소중한가는 아픔의 상처만큼 비례됩니다.
그 상처의 흔적이 세월에 묻혀 숙성된 항체가 되어야 합니다.

사실 산다는 것은 재미있습니다.
하루하루가 반복된 일상이 아니라 새로운 하루이어야 됩니다.
후덥지근한 땀 냄새의 기억에서
바람 한 자락에 흔들리는 마음으로 변한
가을의 유혹이 술을 부릅니다.

목요일 친구들과의 만남이
다음날 머리를 헤집고 또 생각하게 만드는
멘붕이라는 신조어가 이럴 때 쓰는 것인지
주체할 수 없는 허전함이 하루를 뺏고

그럼에도 불구하고 또 하루를 담보 잡는 토요일
술에도 품격이 있습니다.

품격을 지키는 데는
인생을 이해하는 나이와
추태를 부리지 않는 중량과
함께 마시는 사람들의 모든 것을 존중하고
자신은 비워놓고 받아들이는 스펀지 정도의 약정은
필요하다고 봅니다.

산다는 것은

산다는 것은
일정한 기간을 함께 놀고 즐기면서
언젠가는 흙으로 돌아가는 연습을
하루하루 만들어 가는 약속입니다.

마지막 한 잎이 떨어질 때까지
가을이라는 말이 절실하게 들리는 이 계절도
다시 돌아오지 못할 기억을
가슴 속에 간직할 뿐입니다.

기차는 8시에 떠나고

흑백사진처럼 애잔한 선율이
오늘 따라 닿음은
지나온 기억인가
오늘의 마음인가
열어보지 못한 내일의 설렘인가

눈발 내리는 하루가 간다.

하루 Ⅲ

밤새 눈발 내린 후
아침
혹시 유년의 기억이
이 경이로운 풍경 속에 있지 않을까?
저편 너머 아득한 추억을
잠시 만지작거려 본다.

광장시장

세상이 내 것이라는 겁 없던 시절
삶의 뿌리였던 시장을 더듬어 본다.

소방도로 입구에서 칼바람 맞으며
뼈가 드러날 정도로 아물 새 없이
새끼손가락 상처를 훈장처럼 여기며
빌딩 몇 채 소포지로 포장하여
택배로 붙일 자신이 있던 때가
목적 없는 돈의 노예였던 때가
내다볼 수 없는 불안이 앞을 가릴 때가
아직도 그 시절이 무장한 채
가슴을 쓸어내린다.
쓸어내린다.

시장은 치명적 노동이 살아 있는
모퉁이의 삶이다.

역지사지

차주도 시집

내 마음 다칠까 닫은 간격
네 마음 헤아리면 열리고

내 하는 일 익숙해 습관이지만
네 일 흉내 내다 보면 비지땀

생각이 닿으면
존중하며 행하는 것

산다는 것은
닫은 간격을 여는 행복한 작업

마음

해를 바꾸며
늘 똑같은 다짐
초심을 잃지 말자.
흔들리지 말자.

너무 무서운 약속

흔들리면서, 흔들리면서
돌탑 쌓듯
세월 따라
바람 따라
공기 한 모금 마시고
사람에 취해보고

그럭저럭 견딜 만한 내공이 초심인 것을

하루, 하루
흔들리면서, 흔들리면서

차영국
– 친구의 퇴직에 부치는 말

100미터 달리기 출발점은
선수들처럼 총성에 맞춰
호흡을 가다듬지도 않았고
부모님이 시키는 대로 슬슬

왜 뛰고 있는지
뛸 수밖에 없는지
침묵을 알 때가 17미터

두 아이의 아빠가 되고
일에 빠져
잴 수 없는 촌음을
가끔 소주 한 잔에 위로 삼고
뛰고 뛴 35미터

43미터쯤
바람의 먼지가 시야를 흐렸고
숨차 오르는 가슴이
탄력 받은 발걸음과 엇박자 되어

차푸노 시집

이 레이스가 곧바로 직선이 아니었음을.
뛰어왔던 시간과
뛸 시간을 정리해 보고
역풍에 흔들리지 않는 정신 줄로
달려온 58미터
나를 키우고
자식을 잘 키우자던 약속 지킨 친구 영국아
고생했데이!

세상살이 (1978. 1. 24 ~ 2014. 1. 28)

정치인은 비겁했고
경제인은 약았고
한국인은 부지런했다.

상처

스쳐 지나가는 인연인 줄 알면서도
전부를 던집니다.
변명하기 싫으니까요.

스쳐 지나가는 인연인 줄 알면서도
간격을 두지 못합니다.

스쳐 지나가는 인연인 줄 알면서도
뜬 눈으로 며칠을 보냅니다.
예의를 지켜야 하니까요.

스쳐 지나가는 인연인 줄 알면서도…

넌지시 세상을 볼 줄 알았다면

장돌뱅이 짓은 하지 말자고
폼 잡던 시절
낯선 대구
하루를 왕처럼 대접받고 난 후
내 집에서 잡시더!

친구 말에 무작정 허락하고 들어갔더니 안방에서 자란다.
부부와 자식이 골방에 내몰린 채
손님 대접한다는 이건 아니다 싶어 손사래치고
골방에서 취기 달랜다.
차라리 모텔이었다면 편했겠지만 알고 싶었다.

명료해져 오는 머리와 부풀어 오른 오줌보가
부엌에서 토닥토닥거리는 소리에 타이밍을 잡지 못하고
전전긍긍하며 생각에 잠긴다.

사람을 좋아해서
동성로에서 엎어먹고
서문시장 5지구 2층에서 부인과 중도매 옷장사로 맺은 인연
지겹지도 않은지

연신 돈 안 되는 사람은 득실거리고

반지하 조그만 공간에서 끓인 무 쇠고기 국물 맛이
한 걸음에 찾아가는 사이가 되었다.

딸 결혼식 때
서문시장에서 봤던 얼굴이 아닌
맛나게 쇠고기 국물 맛내는 미모의 부인이 로비에서 미소
지었다.

넌지시
세상을 볼 줄 알았다면!

하루 Ⅳ

이쪽 하늘 아래 동네는
밥 먹고
일 하고
배설하는 하루하루가
치매 걸리지 않을 정도 기억만을 가진 채
단순히 지나갑니다.

욕심 때문에
놓치는 삶의 행복이 많은데도
굳이 찾지 않고
중독된 시간을 습관처럼 보냅니다.

저 편 하늘 위는 어떤지요?
추위를 잘 견디고 피어난 붉은 동백을
가슴에 품고
겨울눈꽃처럼 은은한 매화 향을 마시면서
외롭고 고독하지 않으려 만든 친구들과
돗자리 깔고 주거니 받거니 술잔을 건네면서
산나물을 안주 삼아 무슨 얘기를
하고 계신지
만나고 싶습니다.

돈이 쓸 만한 이유?

새 면도날로 수염을 깎는 첫 날!

애인

산수유가 살짝 피고 지는 사이에
벚꽃과 모란이 싹 틔울 쯤
아파트 화단은 서서히 잔치를 준비합니다.

반복되는 흥분이
벌써 스무 해를 겪으니
은근히 기대되는 거 있죠!

마음 따라 변하는
자연의 오묘함을 내심 즐기면서
모른 척하는 끼의 발동이
라일락 향수로 매듭지을 때까지
축제는 한 겹의 나이테로 흔적을 남깁니다.

먼 거리 장례식장을 다녀오면서
누굴 위한 추모보다
돌이켜볼 수 있는 삶의 현재와
감사하고 고마운 이 시간들을
어떻게 소중히 사용할까 하는
바램이

적당한 자신을 채찍질합니다.

오늘밤
가로등에 비친
벚꽃 한 잎이 술이 되고
모란이 애인 되어

허법- 가족을 만든 사람

차주도 시집

앞에서 보이는 여자는 얼굴만 보이고
뒤에서 보이는 여자는 몸매만 보이고
옆에 서 있는 아내는 마음만 보입니다.

구 년 전 이맘때
자궁경부암이라는 판명을 받고
수술을 기다리는 하루하루가
왜 그렇게 힘들었는지
라디오에 흐르는 유행가 가사가
우릴 두고 지은 듯 슬퍼 보여 꺼버리고
무심한 신호등만 주시하며
볼에 괸 눈물을 슬쩍 훔치던
기억이 선합니다.

일에 지쳐 코고는 아내를 쳐다보면
메인 가슴 풀 수 없어
온갖 인터넷 정보를 뒤적이며
경우의 수 하나하나 따지며
긍정의 힘을 가지려도
능력 밖의 일이라 생각만 깊어지다 보면
안개 낀 한강변이 새벽을 달릴 때

어쩔 수 없이 이불 속으로
따뜻한 손을 잡아 봅니다.

살아온 게 행복인데
행복한 거 모르고
큰돈도 못 벌면서 일에 묻혀
폼만 잡고

수술 날
ROTC 훈련 떠나는 큰아들 짐 될까
알리지 않는 어미 심정 어땠을까?

마취에 취해 나오는 모습 보고
닭똥 같은 눈물 흘리는 둘째 놈
그때 어른 된 걸 알았습니다.

세월은 나이만큼 빠릅니다.
나이만큼 내려놓음에 행복이 따르겠지요.

앞에서 보이는 여자는 얼굴만 보이고
뒤에서 보이는 여자는 몸매만 보이지만
옆에서 마음만 보이는 아내가 있어
늘 설렙니다.

하루 V

삶과 죽음이
몇 번을 스쳐도
흔들리지 않는 하루지만

남들 사는 것
쳐다볼 틈 없이
내 살기 바쁜 하루지만

살면서 거들먹거렸던
아부와 위선
그리고 정직하지 못했던
찌꺼기들을 내려놓고
솔직하고 작은 목소리를 올려놓자.

그런다고 바뀌지 않겠지만
이제부터.

봄날

철쭉과 개나리로 울타리 치고
라일락꽃을 군데군데 뿌리고
보는 순간마다 바뀌어지는 나뭇잎을
조명 삼아
돗자리 깔아놓고
달과 별이 시샘하는 목련 앞에서
품위 유지는 쉽지 않겠지만
넥타이 풀어놓고
한번쯤 일탈을 꿈꾸는
오늘 하루.

놀다 보면
선술집 막걸리가 되고
호프집 맥주가 되고
룸집 양주가 되겠지만

아내 앞에서 도발하는 목련이
가슴을 헤집는 봄날.

그 친구

차주도 시집

태어나 자치기 하고
새끼줄로 공차며 고구마 훔쳐봤던 군북 장터.
기차가 지나가는 개울 밑에서
멱 감다가 허우적거렸던 중암리.
사십 년 지나 가보니
그 넓은 장터가 손바닥만 하고
머리 벗겨진 기억 없는 친구가
환대하며 술 받아주는 주막에서
늙으면 내려오그래이
꼭 오그래이

그 친구
살아 있는지.

정치(세상 살아가는 이치)는
가고
서고
돌아갈 줄 알아야 한다.

하루를 살아도

아들 길러
장가보내는 심정으로 세상 산다면
다칠 일 없는데
하루를 보내는 스물넷 시간도
시시각각 변하는 마음을 다잡기 힘들다.

잘못됨을 넘어가지 못하고
이득을 위해서
원칙을 감출 수도 있는데
소박하지 못하고
가진 것 있다고
나이 먹었다고
위선이 몸에 철철 넘치는 사람을 보면
나를 본다.
아직도 정신 못 차렸다고

사람을 만나는 기술은
먼저 나를 보이고
너스레 떨지 말고
적당한 옷을 입고

말을 적당히 줄인 채
눈빛을
그 사람 눈에 맞추는 당당함을 보일 때

아무리 술을 먹고
아무리 고주망태가 되어도
오늘 보인 시간이
내일은 친구가 되는
삶의 확신을 알지 못하는가.

아들 길러
장가보내는 심정으로
하루를 사는
사람이고 싶다.

봄날은 간다

한 장의 사진을 받은 제목
봄날은 간다.

좋은 날이 간다는 뜻일까
지금이 봄날이라는 말인가
추억이 아름다워 놓치지 말자는 건가

4대가 모여 찍은 사진 한 장

엄마는 들리는지 마는지
마냥 좋아 식탁 두드리고
큰 형수 반나절 노래 스트레스로 고민했다며
선곡한 두 곡은 나이다운 단아한 모습이고
둘째 형수 노래 못한다며 탬버린으로 무대 등장에
가족들 너무 놀라고
동생은 자기 버전 다 버리고 분위기 띄우고
만남을 열창하는 누나는 살아 있고
'장미빛 스카프'에서 '봄날은 간다'로 바뀐 둘째 형의
어눌한 갱상도 버전은 긍정적이고
맞받아 '봄날은 간다'를 구성지게 감정 실린

큰 형은 철학박사답고
조덕배와 김광석 노래를 소화한 누나 큰아들 자현은
아련한 향이 묻어나고
당신의 마음을 모르겠다고 아직도 항변하는
마눌님 가슴 찔리고

한 가족이 가족들이 되어 모인 자리
속일 수 없는 삶을 존중하기에
다음에 또 자주 만나자구 하지만
봄날은 간다.

수직과 수평 사이

수직은
스승에게 배움이나
선배에게 경험이나
가족에게 위계질서나
존중하고, 마땅히 따라야만 되는
믿음이 있었기에 문제가 되지 않았지만
수평이 어려웠다.

함께 선의의 경쟁하며
가질 것 갖고
버릴 것 버려야 하는데
꿈틀거리는 자존심이 문제가 된 적이 많았다.
지나고 나서 보면 부끄러운 상처지만
순간순간 하루가 전부였었다고
후회하지 않을 선택이었다고 믿었다.

세상사는 이치를 편하게 알았더라면
가슴앓이 덜 했을 텐데.

아베 요시히로가 대학 시절
탁구 잘 치는 동기가 있어 늘 벤치 신세라
슬럼프에 빠졌는데 고등학교 때 우수한 성적 때문에
선배로부터 이어오는 전통으로 주장이 되었고
주장으로 역할을 제대로 못하다 보니
전통을 놓아 버리고 후배들에게
민주적으로 주장을 선출해라 했더니
제일 미워하는 후배가 주장되어
대학 시절 마지막 탁구 대회도 밀렸구나 생각했는데
실력이 월등한 동기를 제끼고
선수로 선발되어 전승을 했단다.

수직과 수평 사이
인연으로 만나 인연법으로 가는
비움과 배려로 묻어나는
오 월의 하루이기를.

사람이 보이더라

치주도 시집

세상 살면서
이십 년 쯤 던져 보았다.

돈 버는 일에
있는 그대로 젊음으로
있는 그대로 솔직으로
있는 그대로 자신으로
있는 그대로 눈빛으로
있는 그대로 용기로
후회하지 않기 위해 처세라는 거
부딪쳐 보았다.
프로이고 싶어서

돈도 많이 만졌지만
내 것은 아니더라.

세상 살면서
십오 년 쯤 탁구 친다
사람 만나는 재미로
있는 그대로 연륜으로

있는 그대로 경험으로
있는 그대로 자신으로
있는 그대로 눈빛으로
있는 그대로 사랑으로
살아 있는 시를 쓴다

사람이 보이더라.

초야

차주도 시집

산다는 거
공기 한 모금
김치 한 쪽의 식사만으로 충분한데
왜 궁상떠는지
술 몇 잔에 몸을 맡긴 채
벽에 기대어 노동하지 않은 하루를 생각한다.

개구리 소리 점점 소란스러워지고
부질없이 내려놓은 마음에는
손녀의 몸동작이 아른거리고
아른거리는 모습을 생각하는 나를 보니
늙어 가는 무심이 싫고

어제와 다른 오늘
오늘과 다른 내일이 있을 거라고
굳게 믿던 흔적이
술 몇 잔에 녹는 초야.

부부

건물과 건물 사이 갯벌을 만드는 것
수직과 수직 사이 수평을 만드는 것
인격과 인격 사이 조화를 만드는 것

육 개월

차주도 시집

육 개월 쯤 지나야
사람을 조금 안다고
처음엔 만나 기쁨으로 힐끗 보고
두세 번은 그러려니 인정하는 긍정적인 부처였다가
저 사람 왜 저래 하는 실망도 했다가
다시 돌아보고 거품을 빼는 데 걸리는 시간

찍히지 않으려면
육 개월 지나 봐야겠다.

하루 Ⅵ

사는 의미가 무엇인지
의식도 없이 뚜벅뚜벅 일터로 나갈 때
찌르르 찌르르 매미 소리에 하늘을 본다.
소중하게 느끼는 것들이 소중하게 있는지
감사하게 느끼는 것들이 감사하게 있는지
살아야 하는 삶의 방식도 침침한 시력만큼이나
적당히 가리고 있지 않은지
햇빛과 공기와 바람 앞에
마음을 헤적이는 칠월의 아침.

만나면 여전히 따사롭다(황문호에게)

차주도 시집

삶이 버거워졌을 때
친구로 만들어도 괜찮은 분이라구
동생은 명함을 건넨다.
전화 걸어 만나자고 했다.
이십오 년을 공유할 줄 모르고

생각 없이 만나면 술 마시고 헤어졌다.
술 마시고 헤어지는 시간들이 반복되는 게
우정이라 믿었다.

친구 어머님의 부고를 접하고 울산으로 달려갔다.
무거동 자택에서 장례를 치르면서
왜 그렇게 모기가 물어뜯는지
옆에 있어 주는 게 도리라고 생각했다.

그 이후 우리는 만나면
술을 먹기 위해 음식을 조절하고
무한대의 하루를 만들기 위해 안달했던
순간들을 셀 수가 없다.

아버지 49재 때
하얀 눈이 세상을 덮어 버린 인천
용화사 절 앞에 친구가 먼저 도착한
모습 보고 졌구나 싶었다.

나이 드니
돈의 힘은 떨어지지만
만나면 여전히 따사롭다.

한의사

차주도 시집

엄마만 생각하면 눈물이 난다는 젊은 친구
안경 너머 속눈썹에 촉촉이 비친 눈물이
한 편의 시였습니다.

삼십오 년을 살면서
가슴 속에 품고 산 정의는 엄마라는 것
아무렇게나 뒹굴어도 끈끈한 핏줄기 동산이
부모라는 것
그 나이 쯤 내가 가진 꿈이
이 친구를 통해 듣는 느낌 때문일까
맥주만 쭈우~쭉 들이킵니다.

어머니 사랑합니다
어머니 고맙습니다
어머니 더 열심히 살겠습니다.

부치지 않은 편지 (김한성에게)

다시 어둠이 찾아오고
감사하는 하루의 의미도 각별하지 않은 채
슬슬 습도는 높아지고
벌레 자국에 물린 목덜미 벌건 여름
하루를 칭찬받기 위해 치열하게 조탁하는 딱따구리처럼
습관에 젖은 하루

사람을 안다는 일
사람을 만난다는 일
슬쩍 흥분을 감추고
세상을 조금 아는 것처럼 너스레 떨다가
포장되지 않은 진지함에
넌지시 선한 눈망울만 쳐다보고

속에 것 다 끄집어내도 부끄럽지 않은 사람이 있는 여름밤
별은 유난히 더 빛나더라.

술이 맛있다는 거
사람 때문이겠지.

빨간 우체통

차주도 시집

하늘과 땅을 잇는 무덤가 아래
시간을 태우는 빨간 우체통이 홀연히
서 있습니다.

사신으로 건너간 남편을
간절히 바라보는 여인의 등 뒤에
큰 우체통이 바다를 쳐다봅니다.

숙성되지 못한 하루를 반성하라는 건지
있을 때 잘하라는 경고인지.

사랑

눈물은 가끔 맞아보고 싶은 빗줄기처럼
마음을 적시는 전령입니다.

눈물은 어제 과음한 속을 해장하는
오늘 첫 잔의 술입니다.

눈물은 사막을 걷다가 걷다가 찾았던
그 오아시스입니다.

눈물은 달변가를 서럽게 만드는
묵화입니다.

눈물은 마르지 않도록 지키려는
사랑입니다.

사십구재

어제 같고 오늘 같은 사막에서
보이는 삶이나
보이지 않은 죽음이
스치는 바람처럼
이별을 알립니다.

하루 VII

사는 게
별것도 아닌데
망설이고
주저거리다 보내버린 세월

산다는 거
그리 어렵지 않은데
힘 빼는 게 힘들지.

맞고

둘째 형님과 맞고를 친 지도 삼십여년 째
거의 팔 할은 잃는 편이지만
적나라하게 속을 드러내면서
시간 가는 줄 모르고
웃다가 웃다가 참지 못해
눈물까지 자아내는 참 맛은 아무도 모를끼다.
날밤을 새우면
무릎은 물론이고
정신이 혼미해서
하얗게 보이는 몰골과 마주보고
습관처럼 무슨 짓 하는지도 모르고
보낸 시간들을 헤아리면
세월의 흔적이 느껴진다.
그렇게 씩씩거리며 즐거워하던 매형은
하늘나라에 있고
어쩌다 만나는 동갑나기 사촌은
걸어 다니는 병동이라 멀리 하게 되고
그래도 만나면 술과 인사하는 벗처럼
거부하지 않고 맞고의 예를 갖추는
형님이 있어 좋다.

어쩌다 재수 좋아 온 정신을 쏟은 대가의
노동 2할의 확률도
완력 때문에 압사당하며
지갑을 뺏길지라도
함께 끽끽거리며 시간을 나누는
형이 있어 좋다.
비록 옛날처럼 거래장부 놓고
맞고는 못 치지만
그래도 몇 만원에 속을 드러내는
이런 형이 있어 정말 좋다.

올 추석에도 한번 겨루자구요.

그 남자의 여자

차주도 시집

그 남자는 신념이라는 골대를 만들어놓고
끊임없이 슛을 날리는 하등동물이고
그 남자의 여자는 삶이라는 울타리를
만들어놓고 한 땀 한 땀 바느질하는
고등동물이다.

하루 Ⅷ

옷장 속에 뒹굴던 반바지가 반가운 계절
하루를 팔기 위해 아침을 먹고
바쁘지도 않은 시간들을 애써 바쁜 척하며
돈 안 되는 시작을 알리기 위해 품위 있게 걷는다.
육십의 청년이.

깜놀 할배

차주도 시집

짧은 여름방학 끝내고
유치원 가는 첫 날
반바지 주머니에 만원 넣고
며느리 아파트 뒷문에 있다는
유치원 차량을 기웃거리는데

아버님 어디 계세요?
지금 아버님 차 앞인데요.
응.
예림이 유치원 가는 모습 보고 싶어
찾다가 못 찾았네!

아버님!
그러시면 안 되죠
남들이 어떻게 생각하겠어요?

깜짝 놀라며 말하는 표정을
아무리
이해하려 들어도
이해가 되지 않는
나는 할배
깜놀 할배

하루 IX

있는 것만을 보는 것이
살아가는 현재이고
살아가기 위해서는
있는 것만을 생각하는 것이고

가졌던 바람의 기억이나
나뭇가지에 걸린 까치밥의 홍시나
그 사이 사이에 비친 파란 하늘이나
낙엽을 밟고 가는 하루의 배경일 뿐.

동창

학교 다닐 때 몰랐다가
인생 몇 굽이 흘러
동창 아닌 사람을 만났더니
다들 점잖더라.

이리 씻기고 저리 구르면서
숨소리 죽이며 넓은 바다로 향하다가
목적지겠지 하고 내린 개울가
작은 돌멩이로도 반짝이고
유유히 흐르는 한강의 애무에 쑥스러워
하면서도 침묵의 헛기침을 하는
올림픽대교이기도 한.

누군가 마음을 건드려
사랑을 확인하는 유쾌한 술자리에
탁구와 바둑 그리고 당구가 안주거리였지.

친구가 좋아 한걸음에 전주에서 달려와
넉살과 뺑이기도 한 탁구 실력보다
찬찬히 꿰뚫어보며 바둑을 두는 진지한
눈빛이 어울리는 영주.
제천에서 옥수수 한 자루 가져와

우리 삶아 먹자던 도하.
늘 행사를 위해 진심을 다하는 명철.
외유내강의 창록.
주도 너는 절대 변하지 않아 하며 질책하는 승규.
차분히 고수의 길을 향하는 봉길.
동창회의 수장 영구의 미소와 꼼꼼이 재원.
자전거돌이 용선의 첫 탁구 입문.

누군가의 마음을 건드려
우정을 확인하다가 모자라면
저편 하늘 위에 멍석 깔면 안 될까?

거울

차주도 시집

낚싯줄에 매달려 있을 때는
누구의 남편
누구의 아버지
누구의 할아버지로
그나마 불리겠지만
낚싯줄이 보이지 않는 날에는
어떤 모습으로 남아 있을까.
고상한 척
품위 있는 척
부끄러운 기억들을 손질하는
검은 그림자를 곁눈질로 쳐다본다.

바르게 산다는 것은

바르게 산다는 것은
피곤한 일입니다.
적당히 타협하며
한 세상 살아도 뭐라는 사람 없는데
굳이
옳다는 것에 목숨을 겁니다.
주변도 쳐다봐야 하는데
고개 돌리지 않는
그런 그림자가 안쓰럽지만
그래도
바르게 살아보고 싶습니다.

약속

차주도 시집

연일 강추위가 겨울다움을 보이지만
마음이 마음답지 못한 새벽에
강변북로 소음이 점점 울릴 때
박차고 일어나 詩를 쓰고 싶을 때
그렇게 아침이 시작되고

삶이 피폐해도 진실은 추구해야 된다는
다짐이 단면만을 보일 때
누구나 옳다고 주장하는 정치판의 변명 같은
진실이 부끄러워질 때
제 마음이예요
단호하게 표현하는 예림이를 닮고 싶어

어제도, 오늘도, 내일의 모습도
언제나 그대로였으면 좋겠다.

삶은

삶은 머물다 떠납니다.
사랑이라는 시간을 태우면서
그리움이라는 흔적을 남기면서
결코
초연하지 못한 안달을 보이면서
추적거리는 눈발같이 지워집니다.

하루에게 묻는다

하루를 지내면서
하루에게 묻는다

오늘 잘 살았는지
오늘 잘 견뎠는지
오늘 소신을 가졌는지
오늘 비겁하지 않았는지
오늘 상처를 주지 않았는지

부족한 나에게
하루는 늘 실험 대상

국제시장을 만든 윤제균 감독은
아부지, 이만하면 내 잘 살았지예
근데 진짜 힘들었거든예…
이 대사 한마디를 말하기 위해
영화를 만들었단다.

나도 아버지에게 묻고 싶다
아버지, 아버지만큼 열심히 열심히

살고 있는데
오늘 하루
아버지 보고 싶은데
어디서 술 한잔 할까요.

슬픈 것들

차주도 시집

잠시 떨어져 있다고
다시 만날 때 기쁨을 즐기기 위해서는
얼마든지 기다릴 수 있다고
얼마든지 시간을 쪼개며 지낼 수 있다고
얼마든지 딴짓하며 궁상 떨 수 있다고
최면을 걸지만
이별은 기억을 지워야 합니다.
함께한 삶을 놓아야 합니다.
이별이 슬픈 것이 아니라
살기 위해
기억을 놓아야 하는 것이 더욱 슬픕니다.

꾸벅

내 머리는
단순해서
사람을 만나면 좋아하고 행복하여
술로 인사합니더.
마신 술에 술술 끄집어내는 진심이 포장되어
허비하는 시간도 많겠지만
좋아하는 사람만이 대작할 수 있는 특권이니
그냥 넘어갑시더.
나이만큼 빨라지는 하루지만
놓치지 않을 만큼 더듬거릴 기억을
가끔은 만듭시더.

진실이라는 말은 잠시 숨겨야 한다

진실은 잠시 말을 건네다가
원고가 그렇게 말했잖아요!
피고가 그렇게 주장하잖아요!

진실은 원, 피고 상관없이 법복 입은 자의
아량이 힘 센 자의 특권 앞에
육십이 지나가도 깨우치지 못하는 우둔 앞에
반야바라밀다 심경을 노래하는 스님의 소리 앞에
똑딱거리는 탁구보다 못한 단어라는 것을
깨닫는 순간 앞에

촌철살인

중병에 걸리신 장인어른
어떻게 모실지 의논하는 가족회의
모셔야 된다는 의무감으로 자리 잡은 큰처남
어떻게 모셔야 되는지 방법론을 찾아보자는 작은처남
우산으로만 지내신 장인어른 성격상
고향에 계신다고 우기신다면?
머뭇거리는 순간
삼척을 마다하고 횡성에서 출퇴근하겠다고
울먹이며 던져 버린 동서 말 한마디에
눈물이 맺힌다.

쏟아지는 눈물만큼이나
지나온 세월이었겠지
살아갈 사랑이겠지.

친구(김봉출 퇴직에 부쳐)

차주도 시집

나를 키우고 사회를 키우자던 십대 때의 결의는
무심의 세월 앞에 덮였지만
덜 가지고 사랑한 탓에
가족이란 선물을 안주 삼아 술을 마시는 우리

삼십이 년의 직장생활을 퇴직하는 봉출이를
위로하자는 영국이의 배려가 깃든 술자리는
마냥 술이 땡기고
언제나 그랬듯이
치열한 세상에서 견뎠다는 자부심과
노년의 청춘에 또 다른 불을 지펴야 하는
파도는 지내온 육십 년의 삶보다 잔잔하리라.

가지 않은 길을 초연하게
사랑한다는 말을 하루에 한번씩
햇빛과 바람이 나뭇가지에 실려 계절을
알리는 오늘과 내일이 궁금해지고
너그러워지는 마음으로 하늘을 쳐다보기

나를 키우고 사회를 키우자던 우리는

무심의 세월 앞에 덮였지만
덜 가지고 사랑한 탓에
오늘도 안부를 묻는다.

이발

차주도 시집

머리를 깎다가
가끔 보인 흰머리는 새치였겠지
제법 보인 흰머리는 연륜이겠지
오늘 본 흰머리는 헤아리는 마음이겠지.

듬뿍 쏟아진 흰머리만큼이나
지혜로 채워졌을까?

제2장

망각의 늪

다시 볼 수 없는 장환아
(1982. 7. 10 ~ 2014. 8. 4)

차주도 시집

그리울 것 같아
가슴에 담지 못하고
늘 근엄을 보여줘 미안하구나,

아들이 만들어가는 삶이
꿈꾸어 왔던 퍼즐을 맞추듯이
설계하는 모습에서
대견스럽기도 하고 가슴 뿌듯했는데
표현을 감춰서 미안하구나,

순서가 뒤바뀐 운명 앞에
넋을 놓고 며칠을 보내면서
상상할 수 없는 현실이
꿈이기를 꿈이기를 바라지만
부자지간의 인연이 여기까진가 보구나,

이제 가슴에는
너를 만나는 기쁨도
잔잔한 눈웃음도
버팀목의 믿음도 사라졌구나,

차주도 시집

만나는 기쁨이 삶의 향기였었고
잔잔한 눈웃음이 사랑이었고
버팀목의 믿음이 자존심이었는데
좀 더 낮추라고 날개를 뺏는구나.

내 몸에서 맺은 인연
다음 생은 너 몸으로 만나서
빚 갚으면 안 될까,

활활 타는 불꽃같은 정신으로
제몸 던져 끝없는 가족사랑을 뿌린 장환아
조금만 더 숨죽여 노력하면
노력만큼의 아름다운 세상을 만들 때까지
건강만 지키라던 효자 장환아
너는 우리 집 보물이었다.

이 생에 즐거웠던 짐 던져 버리고
하늘 위에서는 부드러운 바람과 따사로운
햇볕이 흐르는 한강을 내려보면서
여행을 즐겨라,
장환이가 된 현숙과 보물 예림이를
더 사랑한 후
챙겨놓은 쉼터에서 만나자꾸나,

2007. 8. 6 ~ 2014. 8. 4

근로계약서에 쓰인 너의 글씨를 보니
눈물이 쏟아진다.

늘 보던 익숙한 글씨체를 다시 볼 수 없다는 것이

힘든 소대장 생활을 마무리하고
취업을 위해 정성을 쏟던 며칠간 기다림의
시간들이 새록새록 추억되어 애비를 기쁘게 한 일이
푸른 꿈을 위하여 놓치지 않았던 치열한 삶이

여느 애들처럼 어려 봤으면
여느 애들처럼 즐겨 봤으면
여느 애들처럼 속이라도 썩혀 봤으면
차라리 쉬울 텐데
가슴은 응어리져 숨만 차오르고

운명을 거스르지는 못하지만
피해 나가는 정신줄인지 알았는데

하루가 하루의 의미를 잊어버린 채
허상을 쫓는 애비의 넋두리를 아는가.

너는 잘 있니?

고작 육 년을 살아주고 떠나면서
짐을 던져놓고 가는 나쁜 사람이라고
하소연하는 며느리의 눈물이나

하늘에서 맞는 첫 생일에
품위 있게 보이라고
옷가게 들러
양복 한 벌과 티셔츠를 사서
곱게 접어 제단에 올려놓고
하염없이 눈물짓는 엄마나
부질없는 짓인 줄 알면서도
그냥 쳐다볼 수밖에 없는 나나
속절없이 보낸 하루

강변북로에서 들려오는 차 소리에
잠을 뒤척이는 이 밤
너는 잘 있니?

하루, 하루들

아버지를 존경한다는
이 한마디 듣고 싶어
세상 속에서 견뎌야만 했던 하루, 하루들

외롭지 않으려고
타지 못할 보험금 부어대며
즐거워했던 하루, 하루들

지나고 나니
든든한 친구 잃고
허덕이는 하루, 하루들

사실은
욕심이라는 것을 알면서도
가슴 쥐어짜는 하루, 하루들

그래도
보고 싶은데

살아가고 있다

15사단 장교 시절 캔맥주 2박스를
양손 위에 얹어 화천에서 출발하여
동서울터미널에 내려
아파트까지 터벅터벅 걸어오면서
생각했던 애비의 시간만큼
두고두고 기억을 지우지 않을게

노력한 만큼 세상은 열려 있다는 마지막
메시지를 결혼하는 동생에게 카톡으로
전한 말만큼 삼성엔지니어링의 범죄를
쉽지 않겠지만
두드리고 두드려 볼게
살아 있는 시간의 힘으로

쳐다보면 안쓰러운 현숙이
보면 볼수록 예쁜 예림이
잘해주고 싶은데
마음만큼 전달되지 않는 눈물들
아들의 뜻으로 살아볼게.

어떠하겠노

장환아
살아 있는 동안 행복했는지 묻고 싶다.
아빠는 최선을 다했다고 자부하지만
더러 미진한 부분이 있지 않나 되돌아보게 된다.
엊저녁 일과를 마치고 너와 헤어진 후
처음으로 엄마와 국제시장이라는 영화를 보았다.
왠지 끌리는 뭉클함이 있을 것 같아
영화에 집중해 보려고 애썼지만
너의 잔영이 눈에 밟혀 집중이 되지 않더구나.
아직까지 무엇을 한다는 게 무리인 듯싶다.
힐긋힐긋 쳐다본 엄마의 눈가에도 이슬이 맺힌 걸 보니
말도 못하고 안쓰러운 마음만 부여잡는
두 시간이 힘들었단다.
어떠하겠노.
오늘 아침에는 현숙이가 예림이 친구집에
데려달라 해서 스타벅스에 들러 예림이가
좋아하는 마카롱과 딸기 주스를 건네도
엄마에게 찰싹 붙어 뽀뽀도 하지 않는
밀당의 천재가 되었단다.
여기 일상은 이렇게 너가 사랑하는 현숙과

예림을 어떠하면 편안한 우산이 될 수 있을지
고민하는 하루, 하루의 삶이다.

현숙에게(장환 없는 며느리의 생일날에)

차주도 시집

내 기억이 살아 숨쉬는 날까지만
널 생각할께.
장환이의 이름으로

지켜주마

가고 싶은 길을 피해 다닌 길 위에서
쉽게 가라고 전부를 던진 너
잊어주마.

얄미울 정도로 감성을 버리고
세상과 접근하던 너
잊어주마.

노력한 만큼 삶이 보인다는
마지막 확신을 던진 너
잊어주마.

아무리 잊으려 해도
아무리 버리려 해도
답이 없는 인생처럼
잊을 수 없고
버릴 수 없는 마음에 굳게 절을 한다.

지켜주마.
살아온 정신과
살아갈 마음을

마음

차주도 시집

아버지 건강하셔야 돼요
지금은 마음뿐이지만
챙겨야 될 쯤
건강 잃으시면 곤란해요.

아직도 울리는 나지막한 음성이
선한 얼굴이
가시지 않으니

혼자 있는 시간은
정지된 영상처럼
정지된 순간처럼
조여오는 마음

지워지지 않는 기억은 함께 살아가고
있을 뿐

벚꽃이 져도
목련이 져도
지워지지 않는 기억 속의 너는
라일락 향기로 스미겠지

꿈

땅과 하늘의 어디메쯤
달콤한 여인의 키스에 끌려온 세계는
이제껏 보지 못한 또 다른 내가 있었다.
마음에도 없는 직업에 적응하면서
꿈을 키우는 현실 속 나는
랩을 씌운 냉커피 한 잔을 보스에게 주기 위해
호텔 로비를 찾다가 찾다가 찾지 못해
우왕좌왕하다 겨우 찾아 들어간 장소에서
솔직해졌다.
비슷비슷한 건물들이 많아 혼돈해서 늦었다고
그런 솔직한 말에 그다지 야단맞지 않고
돌아오는 길에 유곽 같은 곳에 붙잡혔다
의지와 상관없이 주머니에 있는 모든 것을
심지어 오십원, 일원짜리 던져놓고
처신을 기다리는 상황에서도
죽이지는 않겠고 하자는 대로 맡기면
살아갈 수 있겠구나 하며 쳐다본 여인들의
눈빛은 맺힌 한을 풀지 못해 남자들을
학대하며 즐기는 그들만의 세계에 갇힌
좀비같은 환영에서 허둥거리다 꿈을 깬다.

깨서 곰곰이 되새겨보니
아들의 죽음에 대해 진실을 파헤치기 위해
투숙한 이라크의 호텔이었다.
한 발짝 한 발짝 다가가기 위해
슬픔마저 무장한 채 견디는 현실이
트라우마로 나타난 것이다.
긴장의 끈을 놓치지 않기 위해 계속 등 뒤에
칼을 꽂고 다닐 것이다.

장환(將煥)에게

생명의 존재는 묘한 인생의 승부처이자 안식처임을 깨닫게 만든 신비가 너로부터 시작되었단다.

저마다 자신만의 행복을 위해, 사랑을 위하여 소음 내며 달리는 차 속의 기계 인간들….

요즘 너희들이 살아갈 수밖에 없는 울타리와 흡사하다.

한편으로는 안타까우면서도 치열한 경쟁 속 존재라는 것은 겪어본 사람들만의 쾌감.

장환이는 느꼈는지 모른다.

시험을 위하여 많은 시간들을 쪼개어 투자하고 투자한 대가는 만족을 할 수도, 덤덤할 수도, 후회할 수도 있다는 것.

인생은 결국 그런 속에서 살아갈 수밖에 없다는 것을 아빠는 느꼈다.

결코 남보다 뛰어나지 못한 평범의 결론이지만 속물스럽지 않았고 후회됨이 없는 현재의 아빠지만 뭔가 자식은 나의 단점보다는 장점이 많은, 그리고 조금은 나았으면 하는 욕심 때문에 이 글을 쓴다.

늘상 남보다 나았다는 자신감에 젖어 학교생활을 즐기다 막상 열심히 해봐야겠다는 각오를 가지고 무작정 덤벼들었을 때, 뭔가 분명 잘못 걸어왔다는 생각이 몸에 부딪쳤을 때 이미 늦어 있었다는 것.

기초를 무시하고 자만감에 빠진 탓에 허겁지겁 나를 챙겼

 제주도 시집

을 땐 더 이상 지는 것이 창피하여 남에게 보여주는 공부를 하였다는 것.

조금만 노력하면 누구나 할 수 있는 암기 쪽의 편함을 가질 수밖에 없는 상황.

누구에게도 탓할 수 없는 살기 각박한 시절이었기에, 꾹꾹 가슴 조이던 시절이 있었기에, 장환에겐 아빠 같은 상황이 아니라 어차피 주어진 시간이라면 즐겁게 기초를 충실할 수 있는 학습 태도였으면 싶다.

기초 얘기가 나왔으니 한 번 더 생각해보자.

아빠는 순간적 자만감이 얼마나 공부에 고통을 주었다는 것을 알았기에, 사회생활은 누구의 시선도 필요 없이 정직한 십 원의 대가를 소중히 하며 잠을 설치고 친구의 만남도 뒤로 미룬 채 십오 년의 시간을 보낸 결과, 최선을 다하였다는 말 외에 후회됨이 없음을 뿌듯한 자부심으로 자리매김하고 싶다.

하지만 사랑을 위하여 만든 틀의 공감을 형성하였지만 삶은 살수록 진지하여야 한다는 것이다.

좀 더 겸손하고 좀 더 진솔된 사람이기 위하여 정직이 바탕된 성실한 삶에 최선을 다하여야 된다는 것이다.

아빠의 얘기가 열심히 공부하라는 것은 아니다. 공부는 이 세상을 살아가는 데 필요한 하나의 방법이다.

많은 방법 중에 선택의 폭을 넓히는 데 중요한 것이기에 네가 앞으로 삼사 년 후 첫 번째 삶의 목표를 정하는 데 가장 필요한 수단이기 때문에 생각을 가져보라는 것이다.

지나온 삼 년과 앞으로의 삼 년.

결코 길지 않은 시간 속에 인생의 항로는 너무나 큰 편차를 만든다는 것을 인식하기 바란다.

살아갈수록 더 많은 짐들이 가슴을 짓누르지만 더 많은 짐들의 고통을 우여곡절 속에 해결할 때 기쁨은 고통의 몇 배의 즐거움이듯이 삶은 순간의 즐거움을 위해 부단히 고통을 만끽할지 모른다.

공부라는 것도 이 삶 같은 것 아닐까?

장환아!

아빠가 너무 무거운 얘기 했냐?

가끔, 이따금 필요하다면 편지를 써보자.

한번 주어진 인생, 그 속에 아빠와 아들, 멋들어진 인연이 아니겠느냐!

요즘 아빠도 고민이 있단다.

좀 더 행복한 삶을 꾸미기 위해 열심히 일하고 싶은데 예전처럼 잘되지 않는다.

하지만 항상 정면 돌파를 하였던 패기를 가슴 깊숙이 간직하고 두 눈을 직시하고 있단다.

한강변의 불빛들은 희미해지지만 차 소리 더 커짐은 벌써 새벽인가 보다.

제법 맑은 정신으로 이 글을 썼지만 이제 몽롱해진다.

우리 오늘부터 조금은 달라지자.

※ 장환이의 유품을 정리하면서 발견된 나의 편지 서너 통이 가슴을 저민다. 삼십이 년을 살면서 이십 년을 간직했다니.

하루 X

난 법과 싸우고 있다.
난 법이 아닌 진실과 싸우고 있다.
난 법과 진실이 아닌 세상과 싸우고 있다.
난 법과 진실과 세상이 아닌 자신과 싸우고 있다.

육부 능선 흘러온 세월 앞에
상식이 무너지고
힘의 논리라고 변명하는 사회에
돌을 던지고 싶다.

그래도 살아볼 만한 가치가 있는 끈이
그래도 끈을 매달고 있는 희망이

열심히 일한 땀방울에서 마음을 다잡듯
법과 진실과 세상과 자신이
처절하게 싸우는 하루

장환·현숙, 현숙·장환

오케스트라 지휘자 손끝 놀림이
감동을 뛰어넘는 영혼의 메시지를 던져
사람과 사람이 만들어낸 노력이 명품된 순간
얼마나 뼈저렸을까 생각하니
마음 아파오는 것처럼
사랑도
인간 되려고
눈에 눈을 맞대고
손에 손을 잡고
가슴 억누르는 절제의 마음을
시간이 흐르면 알리라

만들어가는 시간은 점
점을 조금 더 크게 확대했으면 울퉁불퉁하지만
점들이 모여 선을 이룰 땐
사소한, 아주 작은 기억들도 추억되어
고집스러운 편견을 만든다

사랑도
어쩌면

이 고집스러운 편견을
둘만이 소통하고파 만든 드라마 아닐까!

※ 잘 살라고 결혼 축하 시를 주었더니 간직하고 있네. 어떻게 잊을까. 잊어질 수
   있을까. 가슴 뛰는 새벽을 지난다. 지날 수밖에….

～

머릿속에 요동치는 마음을 헤아려 보면
순서가 바뀐 것에 번잡스러움이
하루를 꿰고 있고
하나 : 1956. 10. 29 ～
둘 : 1982. 7. 10 ～ 2014. 8. 4

하나 : 고민한다.
　　　살아 있는 동안 얼마큼의 감사함을 가져야 계속 품위
　　　를 유지할지
　　　언제 죽어도 호상이라는 친구의 말처럼
　　　그 말이 행복이라고 잘 살았다고 생각했는데

둘 : 더 고민한다.
　　재롱떠는 예림이를 보면
　　그 예림이를 쳐다보는 현숙이를 보면
　　가슴에는 믿음이 있고 소통이 있다고 한들

심부름

친구들과 술 한 잔 하고
들어오는 아내의 발걸음이 가볍다.
미국서 온 손님들 접대하느라
반찬이 필요하다는 큰며느리의 전화를 받고는
의무감인지, 사명감인지 모를 섬세한 마음으로
만드는 반찬 냄새가 아침을 달군다.
소불고기, 돼지두루치기, 장조림, 딸기 2팩, 홍시 2팩을 싸놓고는
배달을 부탁한다.
남자가 집에서 할 일이란
반항 없이 들어주는 일
아파트에서 내려와 기다리고 있는 며느리에게
너는 무슨 파워가 이렇게 세냐?
어머님께 애교 좀 부렸어요!
밝게 웃는 얼굴에 함께 미소를 지으면서
돌아오는 길에 또 다짐을 한다.
큰아들 없는 하늘 아래 가족이 소소하게
하루를 보내다가도 언제 터질지 모르는
휴화산을 늘 경계해야 한다고.

하루 XI (726)

차주도 시집

소소한 일상이 째각째각
잘 보이기 위해 분을 버리고
살기 위해 시간을 쪼개는
그런 하루가

가끔은 눈물이었다가
가끔은 바람이었다가
가끔은 꽃이었다가

산다는 것은
하루를 신으로 모신다는 것

있다, 없다

있다.
있다.
있다.
스미는 바람 속에도 있다.
구름 속에도 있다.
별빛 속에도 있다.

기억을 지우기 위해
굳이 애쓸 사치도
눈물을 가릴 필요도 없다.

삶이 그렇듯
하늘을 쳐다보면 된다.
생각을 지워도 된다.
걸어도 된다.
기어도 된다.
뛰어도 된다.

눈을 감는다.
하늘의 별이 어깨를 친다.

하루 XII (739)- 장환 2주기에 부치는 편지

차주도 시집

족발을 안주 삼아
친구들과 술 한 잔 나누는데
갑자기 귀가 닫히고 젓가락이 가지 않아
네가 잡혀 버리면 겪는 일인지라
넘어가자, 넘어가자 주문을 외우지만
쉽지 않아
정말 쉽지 않아

후생(後生)이 있는지 모르지만
가족들은 저마다 시커먼 멍 하나
가슴에 품고
안타까움에
어찌할 수 없는 비통함을
새김질하는 하루

정리되지 못한 숙제를 풀기 위하여
전부를 던지는 애비를 보고 있니?

함께 많이 놀면서
함께 행복을 꿈꾸면서
함께 격려하면서 보낸 시간들을
어떻게 담아둘까?

잘 자라줘서 고마웠는데
고맙다고 말할 기회도 주지 않은 채
떨어져 있는 지금처럼
시간이 지나면 알 수 있을까?
기억할 수 있을까?

초가 분이 되고
분이 시간이 되고
시간이 하루가 되고
하루가 일 년이 되고
일 년이 스무 번쯤 바뀐 후에도
담아둔 말 한마디
전달할 수 있을까?

마음의 하루를 보내며

차주도 시집

이백칠십오 일을 뜬눈으로 보내면서
많은 생각 끝에 마음의 하루를 준비합니다.

큰아들 결혼식 때 기쁜 마음으로
떳떳하게 보이기 위해 꾸몄던
그 모습 그대로의 양복을 입고
아들의 꿈이 담긴 회사 정문에 섰습니다.

장교 시절이었던가
대학 다닐 땐가
불 켜진 무수한 빌딩숲을 보면서
분명 어딘가에 일할 곳이 있겠지요?
묻는 모습을 가슴에 품고
이제 진실을 알리는 하루 시작합니다.

네가 꿈꾸던 행복이
헛되지 않았다는 것을 보이기 위해
세상 앞에 용기를 가져봅니다

아들 얼굴에 흠집 잡히지 않도록

품위 있게 시작하겠습니다.

삶이 그렇듯이
사십구 퍼센트의 부정보다 오십일 퍼센트의 긍정이 세상을
지배하듯이
살아온 세상이 비겁하지 않고
아름다웠다는 것을 알리겠습니다.
너의 신념을 믿고

마음의 이십오 재를 보내며

차주도 시집

처음 사고 소식을 접한 새벽녘
엄마는 하염없이 울고 있고
난 믿기지 않는 현실에
넋이 나가 버렸지만
너라는 존재가 보여준
의젓함과 믿음이 경거망동한 죽음이 아닐 거라는
확신이 머리를 떠나지 않아
애서 침착하려 했단다

이라크까지 가는 시간이 정말 멀더군
그 먼 거리를 인생을 위해 마다않고
달렸던 길이라 생각하니 숙연해지고

많은 생각을 정리하고 정리해서
도착한 이라크의 여정에서부터 지금까지
순진했었다는 것과
세상을 모른다는 것을
아직도 배워야 된다는 것을
한꺼번에 가르쳐준 죽음 앞에
또 하루를 보낸다
저한테 문제가 생기면

아버지가 일 번
현숙이가 이 번입니다 라는 말이
씨가 되어 벗어날 수 없는 퍼즐에
빠져버린 삼백십 일

거짓은 시간이 걸릴 뿐
진실 앞에 무너집니다

한 시간 십오 분의 일인 시위가
죽음의 진실을 캐는 작업뿐
무엇을 바라지 않았기에
홀가분하게 너의 영혼을 비는
애비의 사십구재로 시작되었지만
확신이 신념 되어
물러설 수 없는 자존이 걸려버렸다

이제까지 살아온
모든 거짓들에 용서를 구하고
죽음 앞에 찾아온 삶의 가치를
지키고 싶구나

흔들리면서
흔들리면서
사랑을 지킬게.

마음의 삼십오 재를 보내며

차주도 시집

과음한 탓인지
부여잡고 있는 끈을 풀지 못해서인지
출근하는 사람들 속에
네가 보여
맨 정신으로는 흔들리지 않는데
남은 술기운이 마음을 건드리네.

너는 없고
나는 있고
내가 없고
네가 있다면
반짝이는 머릿결이 벗겨진 이마를
덮을 수 있어 좋고
파인 주름보다 뽀얀 피부가
돋보여서 좋고

맺힌 눈물 보이지 않으려
하늘을 보지만
허상만이 어른거리네.

산다는 것

뚝뚝뚝 눈물 흘리는
큰며느리를 보듬지 못한 저녁
산다는 것이
힘든 줄 알지만
저 가슴을
어떻게 안을 수 있는지
먹먹한 마음에
눈물만이 비치고

슬픔만이 아닌 기쁨도
눈물 속에 있다는 것을
언젠가는 보여주겠지.

아버지로서

차주도 시집

습관처럼 변하는 시간 속에
마음의 87일을 보내면서
생각한다
늘 생각 든다.
피하고 싶지 않은 기억의 정리를
396일째 담을 쌓는다.

명예훼손, 업무방해의 핑계로
1인 시위를 막겠다는 회사의 논리와
아버지라는 삶의 명분을 갖고
두려움 없이 진실을 풀어 보지만
감출 수 없는 흥분이 말문을 막는다.

하고 싶은 말
396일을 참고 지냈던 마음
말과 마음을 다스리지 못하는 이성이
여백 되어 타들어가는 목줄기
물 한잔이 가장 소중한 날
잊고 사는 소중한 모든 것들이
후벼파이는 법정에서

당당하게 변론한다.

아버지로서 세상을 보는
어떤 거짓도 볼 수 있는
말할 수 있는
죽음마저 속일 수 없는
자식을 사랑한 아버지로서.

마음의 구십육 재를 보내며

차주도 시집

아침을 여는 이들에게
가슴을 연 지 구십육 일
맑은 공기로 시작한 하루를
다소 무거운 바람으로 닿을까 죄송스럽지만
어차피 책임자의 몫
피하기 어려운 싸움에
너그러움은 비겁만 만들 뿐
시간이 흐를수록 점점 답답함이 심해지는데
너는 오죽 하겠냐
미래를 위해 전부를 던지다
자신도 용납 못하는 죽음이
생각할 틈 없이 닥친 상황을

이래저래 진실을 캐고 있는 사백구 일
드러내지 않고 참는 것도 도의 경지를 넘었고
거짓보다 진실이 승률이 높다는 확신을 믿고
생각 없이 행한 행동이
한 사람의 생명을 빼앗고
한 사람의 정신을 송두리째 날렸고
한 사람의 꿈이 산산조각 난 순간을

늘 잊지 않으마.
너무나 성실하게 살아온 너만 생각하면
잊을 수가 없어
가슴이 아려온다.
언제 마음의 옥살이 털 수 있을까?

망각의 늪

차주도 시집

계절이 바뀌는 거리에는
바람만이 낙엽과 인사할 뿐
사람들은 분주하게 세상 속으로 걸어갑니다.

우리는 늘 사랑이라는 울타리에 갇혀 살면서
사랑의 달콤함만 기억하다가
어느 날 이 세상의 뉴스가 나에게 꽂힌 날
사랑했다는 것이
사랑했다는 세상이 없어졌습니다.
엉망이었습니다.
아무것도 생각을 바꿀 수 없는
엉망의 상태가 되었습니다.
사랑이 엉망 되고
엉망이 엉망 되고
엉망이 온종일 지워지지 않는 낙서가 되어
시간을 빼앗아 버렸습니다.

둘째 애는 큰애의 산소에 다녀왔습니다.
호사하지 않고 근면 성실했던 형 앞에
경차 한 대 샀다고 미안함과 섭섭한 마음을

대신해서 잘 사용하겠다고
신고하러 갔나봅니다.

계절이 바뀌는 거리에는
바람만이 낙엽과 인사할 뿐
허적이고 있습니다.

비껴가겠지, 세월은

차주도 시집

밥 먹다가
술 마시다가
애잔한 음악 꽂히면
운다.
아내는

왕자같이 키웠는데
불쌍해서 어떡하냐고 운다.

15박16일 병원 신세 졌을 때도
울지 않던 아내가 큰아들 잃고 운다.

맞아
왕자처럼 키웠지
그래서 멋진 왕자생활 했잖아
후회 없잖아
그러면 됐어

다독이는 내가
먹먹해진다.

타먹지 못할 보험금을
더 붓고 싶은 사랑 앞에
비껴가겠지, 세월은

서러움이 바람 불면 낙엽이 되겠지요

차주도 시집

살아남은 자의 마음을 잡기 위해
삼 일 동안 정신을 놓게 하고
사십구 일 동안 시간을 품었지만
순진하지 못해서
최면에 걸리지 않습니다.

몇 번 찾아가 묘지도 닦고
믿지 않는 종교에 교육을 받는 척하고
승무를 추는 두 여승의 얼굴을 비교하며
쳐다도 보고
바라춤을 추는 버선에 집중도 해보고
유행가 가사만큼이나 절절한 비움의 말들이
시원스레 씻기지 않는 현실에서는
모든 것들이 흥정을 합니다.

죽음의 문턱에서
아들은 살기 위해 갖은 힘을 쓰는 동안에
회사는 면책하기 위해 거짓을 만들고
거짓이 거짓되어 가끔씩 회의를 한답시고
머리싸움을 하고
고등교육을 받았다고

차주도 시집

받은 만큼 포장하지만
정말 한심합니다.
세상 속 순리는 있는 그대로 말하고
말하지 못한다면
회사 대표처럼 가슴으로 춤을 추던지
시간이 지나면
쓰레기 같은 돈들이 춤을 추겠지요.
그게 무슨 소용입니까.

환갑에 시집을 만들어 주겠다고
큰소리로 마음을 흔들어놓는 아들이 없는데
골드마우스가 없는데
그게 무슨 소용입니까.

사위를 잃고 딸의 마음을 표현하지 못하는
사돈어른께 추스르는 심정으로 전화를
드렸더니 이 세상 사람이 아닌데
지우시고 건강 지키라는 위로가
더 가슴을 메이게 합니다.
잊어버리고 건강을 지켜서
며느리와 손녀에게 더 사랑을
주라는 뜻이겠지요.

서러움이 바람 불면 낙엽이 되겠지요.

생각을 넣어 줘

차주도 시집

무심코 걸려드는 감기처럼
딱히 받아줄 사람 없어
아픈 척도 못하고
TV도 보고
남의 말도 듣고
그렇게 견디다보면
치료되는 면역인 줄 알았는데
병균을 달고 다니면서
무너져 버릴 수 없는 정신줄을
무너지지 않았다고 버티는 505일

언제쯤
풀 수 있을까
너를 생각하면
생각을 감추려고 감추려고 감추려고 하지만

착한 아들 장환아
아빠 가슴에 생각을 넣어 줘.

차주도 시집

1인 시위

하늘만 바라본 지 반 년째
가리려는 마음이었을까
숨기려는 얼굴이었을까
인연이 준 끈을
더럽히지 말자고
쳐다보는 하늘.

웃고 있어도 눈물이 난다

차주도 시집

할아버지는 잘 놀아주지 않는다고
밉다는 예림이 등살 때문에
세 번째 서울랜드 가는 날

조막만한 손톱에 매니큐어 바르고
반짝이는 립스틱 날아갈까 봐
앙증스럽게 입을 다문 예림이 보고 있니?

너에게 해줄 수 있는 것이
고작 이것뿐인데
하늘에서 보고 있는 너의 심정은 오죽하겠냐

웃고 있어도 눈물이 난다.

더러 후회되는 날

조카가 결혼 날짜 잡아놓고
먼저 간 사촌동생
영혼을 위로하는
천도재를 지내는 날
나름대로 절에 가는 것이 망설여졌습니다.
하루에도 끝없이 밀려드는 아들의 생각을
짧게 끊으려 애쓰는 작업이 일상인데
몇 시간의 행사가 더더욱 마음을 건드려
참아야만 하는 아내나 며느리를 보니
안쓰러웠습니다.
잊어버리려 애쓴 시간들이 재현되어
억울하게 죽은 아들의 영혼이 아무리 물어
헤쳐 봐도 불쌍하고
대신할 수 없는 하루하루가 죄인 같고
미쳐 버리지 않은 것이 비정상일 거라는 흥분이
가슴을 메우는 순간에
차라리 눈을 감아 버렸습니다.
볼에 흐르는 눈물이 목젖을 타고 가슴을
적시는 순간에도 해소되지 못한 독이
앙칼지게 마음을 다잡는 하루였습니다.

더 이상 흐르지도 않고 젖지도 않는

시안으로 가자고
먼저 말하는 아내는
주섬주섬 음식을 챙긴 시간들을 지나
한바탕 울음을 쏟아내고서야
조심스레 훔치는 얼굴의 틈
조상도 없지
푸념하는 소리도 아내의 뜻일 뿐

애써 보지 않으려 운전대를 꽉 잡지만
마음은 천당과 지옥을 오르내린다.

진실을 찾는 길이
너무 멀고 힘들겠지만
열심히 살아온 아들을 생각하면
따질 수 없는 책임

더 이상 흐르지도 않고
젖어지지도 않는 넋두리를 펴는
이승의 시간 오월의 첫 날에
좋아했던 치킨, 딸기 주스, 카네이션

곁들인 생화를 제단에 놓고
잊으련다.

가슴에 묻어놓은 사랑은
누구도 채울 수 없고
기억될 수 있는
텅 빈 고독이
눈물을 만든다.

탁구를 친다는 것은

탁구가 인생의
마지막이고 싶다.

차주도 시집

탁구 입문기

40㎜ 2.7g의 탁구공을 인간이 자유자재로 포물선을 그리는 폼은 어느 춤사위보다 깊다.

얼마만한 땀을 요구했을까?

계산한다면 탁구를 버렸을지도 모른다.

사람과 사람의 습성을 외워 마비시켜 쾌재를 부르기도 하고 제압당하여 무능한 자신을 허망하게 만들지만 잊고 숨쉬듯이 탁구를 친다.

누군가를 이기기 위해 시합장을 나간 것이 1999년부터 2012년까지 14년의 경험은 과연 정진이었을까?

이기기 위해 많이 졌던 기억이 건방져 있던 자신을 많이 일깨웠다.

대단하지 않는 존재가 대단한 것처럼 보이며 지내온 사십 년의 세월을 후회하기 시작했다.

사람이 위대해 보이고 한낱 미물인 자신을 쳐다본 계기였다.

지는 것에 이골이 났지만 목표를 세웠다.

'40대가 끝날 때까지 1부에 승급하는 것이 차주도(車柱道)의 제2의 인생이다'라고.

탁구를 처음 접해 본 것은 중학교 3학년 때이다. 초등학교 2학년 때부터 배드민턴, 농구, 축구에 유독 호감을 느꼈던 것은 그라운드였다.

좁은 집, 가난한 환경에서 시원하게 펼쳐진 운동장은 꿈을 만들기에 충분했다. 마냥 잊고 농구 코트를 차지하기 위해 교문을 제일 먼저 등교해 혼자 슛 연습을 한없이 했다.

작은 키에 누구보다 잘할 수 있는 조건은 정확한 슛이라는 걸 그때 깨달은 것 보면 방어에 능했다.

누구에게 지지 않는 운동 감각이 탁구에는 통하지 않았다. 졌다는 게 자존심이 상하여 금호동 로터리 탁구장을 드나든 것이 탁구의 입문이었고, 세월이 흘러 사십대 초반에 다시 시작하였다.

배드민턴, 농구, 축구, 볼링을 지나 탁구에 정진하게 된 계기는 포항에서의 일 년이었다.

사업의 끝마무리로 포항에 지내면서 우연히 육거리 코너변의 탁구장을 찾았다. 정원학 관장과 일면식 때 21:5~6 정도의 스코어로 지면서 탁구의 세계가 끝이 없다 싶어 월 회비 5만원을 내고 매일 서너 시간씩 탁구를 치면서 배웠다.

그때는 요즘처럼 레슨이라는 개념이 거의 없을 때였으니까 탁구를 만나면서 가족과 떨어져 있는 외로움, 막연한 사업을 정리하기 위한 두려움들이 운동하는 순간은 깨끗이 잊어졌으니 얼마나 다행스러웠는지 모른다.

1년 여 정 관장과 보낸 많은 시간들은 다시 돌아올 수 없는 추억을 맘껏 술과 음식으로 나누었는데 건강을 잃은 정

　　　　　　　　　　　　차주도 시집

관장을 생각하면 서운해진다. 도도하고 까칠했지만 나에게
는 많은 정을 남겼다.

그런 정이 전수되었는지 회원들이 열정적으로 탁구를 좋
아하고 즐기는 모습을 보면 잘해주고 싶고 많이 가르쳐주고
싶은데 그런 열정적인 사람들이 적다는 것이 문제이다.

시합장을 나가보면 잘 치는 사람들이 너무 많은데 미친
듯이 탁구를 즐기는 제자를 아직은 만나지 못했다.

탁구는 기다림의 미학이다. 수만 번의 포핸드 스윙은 수
만 번 반복해도 깨닫지 못하는 순간이 너무나 많다.

하지만 바라지 말고 도 닦듯 연습하다 보면 한 동작이 불
현 듯 스쳐 지나가고 정립된다.

그 다음부터 그 동작은 걸음걸이다. 아무 생각 없이도 무
심코 목적지를 향하는 걸음처럼 탁구는 그렇게 내 몸에 닿
는 것이다.

알고 나면 그렇게 쉬운 것이 그것을 알기 위해 시간 허비
한 것 생각하면 한심도 하지만 시간 허비를 줄이는 가장 좋
은 처방이 레슨이다.

탁구를 제외한 운동들은 눈썰미로 배우고 익혔지만 탁구
란 놈은 안 된다.

처음에 언급했듯이 인간의 운동에서 가장 가볍고 작은
공을 다룸에 있어서 결을 알아야 하는데 운동신경 가지고
는 턱도 없다.

내려놓고 시작해야 한다. 사회적으로 쌓아올린 명성이나,

우쭐할 수 있는 학력이나, 잘생긴 외모나 다 필요 없다. 오직 탁구를 잘 치기 위한 방법은 올바른 레슨과 연습 그리고 자기 도전이다.

탁구를 잘 치기 위한 방법은 좋은 선생을 만나는 것이다. 어느 탁구장을 찾아가도 거의 코치가 있다.

어떤 전형의 탁구를 배울까 하는 것부터 고민해야 한다. 펜홀더냐, 중국식 펜홀더냐, 셰이크핸드냐의 결정을 내리고 레슨에 임해야 한다.

레슨 때 육 개월, 혹은 일 년 정도 시간을 던져도 후회되지 않을 믿음이 있는 코치를 선택하는 것, 그 믿음이 탁구를 즐기는 원동력이다.

탁구를 잘 치기 위한 두 번째는 지독한 연습이다. 탁구의 기본 기술을 속성으로 배우면 3개월 정도이고, 정독하면 6개월 정도의 레슨으로 어느 정도 익혀지지만 숲을 보고 나무 하나하나는 못 본 것에 불과하다.

진정한 기술 습득은 레슨에 땀을 쏟아내는 연습뿐이다. 그 땀 만큼의 흔적이 실력으로 정진하니까.

탁구를 잘 치기 위한 세 번째는 자기도전이다. 탁구에 입문하면서 잘 치는 사람을 보면 부러워진다. 그 부러움의 눈높이를 쪼개어 보면 먼 데 있는 고수보다 가까이 있는 한 수 위의 고수를 언젠가 이기기 위한 작은 목표를 잡고 그 사람의 서브, 리시브, 탁구 습성을 외우고 이기기 위해 모든 연습을 해보자.

아주 단순한 방법이지만 가장 효과가 크다. 그렇게 한 명, 한 명이 연구 대상이고 이기다 보면 어떤 유형의 선수를 만나도 임기응변이 빨라진다.

생각해 보면 그 동안의 이긴 사람들 중의 한 명이 지금 나와 대적하는 상대라고 생각하면 흔들림이 줄어든다.

두려움이 적어진다는 자체가 한 부수를 승급했다고 보아도 무방하다.

이러한 자기도전이 무척 고독하고 힘들다. 이 고독을 즐기면 탁구도 정진하지만 꼭 그럴 필요는 없다.

건강을 지키는 운동으로 한 사람을 만나는 기쁨으로 동시대를 살아가는 삶의 여흥으로 아름다운 사람과 함께 운동하는 좋은 반려자가 탁구임에는 틀림없다.

탁구 놀이터를 준비하면서

살다보면 유독 정성이 닿는 곳이 있습니다.
먹고 자는 일하는 일상은 적당히 하면서도 탁구는 안 됩니다.
승부 근성처럼 눈에 보이는 부분은 반드시 정리 정돈되어야 하
고
정신까지 무장되어야 짐을 내려놓습니다.

사업을 할 땐
적당히 타협하고 장돌뱅이 기질도 부렸는데
탁구를 만나면 고집스러워지는 꼴이 우습지만 내버려둡니다.
그것만이라도 가지고 있어야 柱道지 생각했습니다.

탁구장을 접을까도 고민했습니다.
사람과의 관계도 줄일까 생각했습니다.
그런데 재미가 없겠다 싶었습니다.
주도다운 멋과 배짱을 부릴 때가
아니 솔직히 말하면
술 좀 더 먹고 싶어서 탁구장을 하기로 했습니다.

기왕 하는 거
사람 좀 더 만나고 시달리면서
마음에 드는 친구를 찾아내는 기쁨을
알랑가 몰라.

자격

막연히 탁구가 눈에 들어온 사십대 시절
다섯 시간 이상을 하루도 쉬지 않고
오 년을 연습하다 보니
머릿속 생각보다 몸이 먼저 말하더군요.
무엇을 원할 땐 또 그렇게 시작할 겁니다.
그럴 자신이 없다면 욕심을 내려놓아야겠지요.

또 한 해를 보내며

세월이 참 빠르다는 말을 자주 듣습니다.
고만, 고만한 삶의 언저리가 감정기복이 줄어져 순탄한 한
해를 보냈다는 말로 들립니다
돌아가기 위한 여정이 쉬워지고 있다는 자연의 순리겠지요
저도 똑같은 말을 합니다

작년 이맘때
주변과의 얄팍한 대립각 때문에
탁구장을 접을까, 장소를 옮길까 고민할 때
피하지 마
티칭이 되잖아
그런 열정으로 정면도전해 봐!
회원들의 격려와 조언 덕분에 행복하고 감사한 한 해를 보
낼 수 있었습니다

있는 듯 없는 듯 오래된 사람과
새로운 사람들이 어우러져
월세, 술값 되는 내년이었으면 합니다.

좀 더 순수하고 영혼을 팔 수 있는 열정을 지키기 위해

초심으로 가겠습니다.
삶을 두드리던 이십 대의 흥분과 설렘을 기억하며
또, 한 해를 맞겠습니다.

올림픽 소고

차주도 시집

땀이 줄줄 흘러내리고
습기가 마음을 후벼 파는
짜증스런 여름날의 그때쯤
경쟁을 즐기는 올림픽 소식을 접합니다.

한 영혼을 던져
인생을 말하는데
금이 몇 개고
은이 몇 개고
동이 몇 개냐
숫자에 몰입되어 읽지 못한 생각들

젊음을 심판하는 늙은 신사는
품위를 잃고 상업의 도가니에 쌓여 있습니다.

얼굴에 맺힌 젊은 영혼의 땀방울이
심판 내리지 못하는 자책에 개탄합니다.

그럴 수 있겠지?

사람을 보고
사람을 좋아하고
사람을 믿어
사람을 이끌어서
불확실한 미래를 사람이라는 보험에 저당 잡고
삼십 년의 실패 속에 사 년을 연장한 한 사나이의 눈물을
맞절로 화답한 스승의 가슴은 사람이었습니다.

축구 종가 영국에서
이기기 위해 하늘을 막고
자연을 거스른 신사의 품격 앞에서도
한 사람이 좋아
한 사람을 믿고
열여덟 명이 팀이라는 소명 속에 펼친
경기들의 신화도
대한민국의 사람들이었습니다.

탁구 이야기

8번 레슨 받았다고
전부들 쉬워 보인다고
한번 해보자고
자신감 가지고 셰이크핸드로 바꾼 봉길.

친구들과 맞닥뜨린 결과
생각대로 안 되네.
표정은 고기 값한다.
결과를 받아들이는 말투에서
존중을 본다.

레슨을 받을 땐
이길 생각하지 마
얼다가 녹다가
때가 되면 감기 뚝 떨어지는 것처럼
방치하다 보면
언젠가
섬뜩 그 분이 찾아올 때
꽉 붙들면 돼

바보처럼
기쁨을 느끼는 게
탁구야!

맥주 한잔 값

차주두 시집

탁구 레슨비 내는 날
나이 든 여성회원이 하얀 봉투 안에
스승의 날 맥주 한잔 값이라는
메모지를 보고 크게 웃었다.

삼천 원일 수도, 사천 원일 수도 있는
맥주 한 병 값이 이만 원이라니
이 세상 가장 비싼 맥주 한 병을 먹어봐야겠다.

거품 속에 있는 마음도 나눠 먹어봐야겠다.

탁구 마니아 열전 #46 〈최진구의 줌인줌아웃〉
연매출 30억 의류사업가에서 탁구장 관장으로
행복한 제2의 인생 산다는

청운탁구클럽 차주도 관장

바야흐로 탁구의 계절이다. 대표적 실내스포츠인 탁구가 왕성한 활동을 보일 때가 바로 요즘이 아닌가 싶다. 각종 대회며 행사도 집중적으로 열린다. 한동안 라켓을 놓았던 이들도 계절적 외부적 요인과 함께 다시 탁구장을 찾기 시작하는 때이다.

북적거리는 탁구장의 모습은 언제 봐도 기분 좋은 풍경이다. 열심히 땀 흘리며 탁구를 통한 쾌감을 만끽하다보면 문득 아쉬운 생각도 든다. '좀 더 하면 좋은데…… 마음껏 하고 싶은 만큼 할 수는 없을까' 싶다.

하지만 생활인이다 보면 탁구에 할애할 수 있는 시간이 그리 많지 않다. 그럴 때마다 열혈동호인의 마음에는 내 탁구장을 갖고 싶다는 열망이 샘솟는다. 여건이나 상황이 여의치 않으면 어쩔 수 없지만 나만의 공간에 대한 욕심이라는, 떨쳐내기 힘든 부분이 존재한다.

그만큼 탁구를 좋아한다는 얘기다. 그런데 우리 주변에

보면 그런 소망을 이룬 이들이 적지 않다. 이번 호에 소개되는 주인공 역시 그렇게 탁구로 제2의 인생을 살고 있는 주인공이다.

서울 강동·송파 지역은 다른 지역에 비해 탁구장이 많은 편이다. 생활 탁구인이 그만큼 많다는 방증이기도 하다. 그중 강동구 명일역 근처에 위치한 청운탁구클럽의 관장 차주도 동호인이 이번 호 탁구마니아이다.

차 관장은 현 위치에서 7년째 탁구장을 운영하고 있다. 인근에 있던 청운탁구장을 인수해 운영하다 두 번의 이전을 거쳐 자리 잡은 곳이다. 그것까지 포함하면 차 관장은 10년 넘게 탁구장 사업을 해오고 있는 셈이다.

필자의 기억으로 예전 청운탁구장은 강동 지역 교사들의 PC통신(인터넷 전신) 탁구 모임 오프라인 만남의 장소였다. PC통신에서 인터넷으로 넘어가던 그 당시, 온라인을 통해 접했던 이야기가 있다.

청운탁구장은 개인이 만든 탁구장이 아니라 강동지역 교사 탁구동우회에서 동동 출자해 운영하는 구장이라는 것이다. 그때 서울 종로에서 세종탁구장 본점을 운영하던 필자 생각에도 괜찮은 아이디어라고 기억하고 있다. 그런 이유로 차주도 관장도 교직 출신일 거라 여겼었다.

"아니에요. 저는 탁구장 하기 전까지 의류사업을 했어요. 당시 청운탁구장은 국가대표 출신 조동원 관장이 운영하고 있었죠. 강동교사 탁구동우회는 청운을 자주 이용하는 모임 회원들이었고요. 우연한 기회에 다른 곳에서 조동원 관장의 플레이를 보고 반해서 청운탁구장에 다니기 시작했죠. 하지만 사업 때문에 고정적으로 시간내기가 힘들더군요. 그래서 아예 1년치 레슨비를 선불로 내고 시간될 때마다 지도를 받는 걸로 하고 본격적으로 운동을 했어요. 그게 1998년 무렵이에요. 그러다 몇 년 뒤에 탁구장을 인수했던 겁니다."

그럼 전부터 운동을 하셨던 거네요. 언제, 어떤 계기로?

"어릴 때부터 운동을 좋아했어요. 탁구는 그 중 최고였죠. 탁구가 한창 인기 있던 예전엔 다들 그랬잖아요. 그러다 본격적으로 시작한 건 사회인이 되고 의류사업을 할 때부터예요. 지방 판매사업 때문에 한동안 경북 포항에 내려가 있었는데요. 육거리 근처 탁구장에 갔던 게 인연이 돼서 탁구에 빠지게 됐죠. 그곳 정원학 관장과 게임을 했는데 21점 중에 5~6점밖에 못 따겠더라고요. 그때부터 제대로 한 번 해보자 해서 2년 정도 탁구장을 다니면서 배웠습니다. 저도 나름 승부근성이 있다 보니 새로운 자극이 된 거죠."

잘 나가는 중견사업가에서 탁구장 관장이 된 사연

차 관장은 당시 서울 동대문 광장시장에서 '아트'라는 상호의 패션 업체를 운영하고 있었다. 그의 얘기로는 지권

500명에 연매출이 30억원 규모로 시장 내에서 10년 동안 매출 1위 업체로 손꼽혔다고 한다. 지방에도 매장을 운영했다. 포항의 경우도 천 옆에 가까운 개인백화점 한 개 층을 임대해 숍을 운영하기도 했다.

그런가 하면 또 다른 자체 브랜드를 개발해 일간신문 지면에 5단 광고를 낼 정도였으니 당시 그의 의류사업 규모가 미루어 짐작이 된다. 의류사업으로 잘 나가던 그가 탁구장을 하게 된 사연이 궁금했다.

"물질적으로는 풍요로웠지만 삶에 대한 고뇌가 있었어요. 어느 순간 돈만 쫓는 생활이란 걸 느끼면서 '지게 진짜 사람 사는 모습일까?' 고민하다 내 자신이 정말 해보고 싶은 게 뭘까 생각했죠. 그때 어릴 때부터 좋아했던 탁구가 떠오른 거예요. '그래, 앞으로 사업을 정리하면 제2의 인생으로 탁구장을 하자! 좋아하는 운동하면서 즐기면서 나머지 인생으르 사는 게 좋겠다!' 생각하고 그때부터 열심히 탁구에 빠지기 시작한 결과입니다."

가족의 반대는 없었나요?

"그때 처음으로 가족회의란 걸 했어요. 그전까지 의류사업을 하면서는 가족에게 의논을 구한 적이 없었거든요. 탁구장 운영이 돈이 안 될 수도 있다는 생각이 들었기 때문에 의논을 했던 겁니다. 그 결과, 건강과 취미생활을 겸해서 진정 하고 싶은 걸 하는 거니까 반대 안 한다는 답이 돌아왔습

   차주도 시집

니다. 그렇게 해서 탁구장을 시작하게 된 거지요.”

실제로 운영해 보니 어떻던가요?

“초창기에는 그런 대로 괜찮았던 것 같아요. 회원도 많았고 일반 이용자도 꽤 있었으니까요. 하지만 세월이 흐르면서 현상유지 정도죠(웃음). 하지만 애초에 가족들과 얘기할 때도 수익구조에 대한 기대는 없었기 때문에 가능한 거죠. 만일 생업이었다면 못했죠. 제 경우는 다행히 아내가 조그맣게 사업을 새로 시작했고, 이제 자식들도 버니까 부담 없이 할 수 있었던 거죠.”

그 이전까지만 해도 전업주부였던 그의 아내 허남숙 씨는 차 관장이 탁구장을 오픈할 무렵 의류 숍을 시작해 지금도 남한산성 입구에서 매장을 운영 중이라 한다. 장성한 두 아들 장환 씨와 성환 씨는 대기업에 근무하고 있다.

그런 이유로 차 관장은 지금도 가족이 너무 고맙고 소중하다고 말한다. 운영이 예전만 못해도 탁구장을 지금까지 지킬 수 있었던 데는 가족들 도움이 적지 않았기 때문이다. 그는 등산을 즐기는 부인과 함께 일요일마다 산에 오른다. 그럴 때 구장은 회원들에 의해 자율 운영된다.

서울시 대회 50대 1부 우승이 가장 기억에 남아

의류사업을 정리해 동생에게 넘긴 그는 2000년 조동원 관장으로부터 청운탁구장을 인수해 운영을 시작한다. 그의 계획대로 탁구와 함께 제2의 인생을 살기 시작한 것이다. 비교적 늦은 나이에 탁구를 시작한 그였지만 본격적으로 라켓을 잡은 지 4년 만에 3부 우승이라는 놀랄 만한 결과를 만들어 냈다. 뒤이어 2부에서 입상 기록을 남겼다. 그이 나이가 40대 후반으로 향할 때였다. 탁구를 하면서 가장 기억에 남는 건 뭐냐고 물었다.

"지난 2006년 서울시대회에서 개인단식 50대 1부 우승을 했던 걸 꼽고 싶네요. 당시 50대 1부 경기는 선수 출신도 출전이 가능했어요. 선수부까지 포함한 시합에서 우승을 하니까 그 쾌감이 말로 표현할 수 없을 만큼 좋더라고요. 저에게 가장 의미 있는 기억이죠. 한편으로는 포항에 있을 때 탁구를 배웠던 정원학 관장도 생각이 나더군요. 제가 2년간이 포항 사업을 정리하고 서울 올라올 때 물었어요. 얼마나 치면 관장님을 이길 수 있느냐고 말이죠. 그랬더니 관장님이 자기가 치매에 걸리지 않는 한 이길 수 없다고 하는 거예요. 근데 그로부터 2년 후에 포항에 갈 일이 있어 탁구장에 들렀다가 리턴매치를 했는데 제가 이겼어요. 그래서 농담으로 그랬죠. '사부님, 치매 걸리셨어요?'(웃음). 그랬더니 웃으면서 오늘 하루만 치매라고 하더군요. 저에게는 탁구에 대한 동기부여가 됐던, 영원한 사부님이죠."

기억에 남는 인물이 더 있으실 것 같은데?

"임인환 회원이라고 나이는 저보다 형님인데 중요한 조언을 해주신 분이 있어요. 구장을 운영하면서 관장으로서 혹은 지도자로서 갖춰야 할 덕목이나 배려심을 알려주시기도 했고 특히나 심리적으로 어려울 때 개인적인 격려를 많이 해주셨죠. 또 일본에서 온 아베 요시히로라고 시합 때마다 자하고 같이 복식을 같이 하는 짝이 있어요. 지금도 매주 토요일이면 같이 운동하는데, 한국 여성을 만나 결혼했거든요. 제가 주례를 섰던 기억도 있고 예전부터 친하게 지내는 회원이라 늘 반갑죠."

탁구 클럽을 운영하면서 좋은 점은?

"언제건 하고 싶은 대로 마음껏 운동할 수 있다는 게 제일 좋은 점이죠. 그러면서 하나씩 새로운 걸 알아갈 수도 있고요. 그걸 통해서 그동안 지던 상대를 어느 날 이겼을 때, 그 쾌감이 대단하죠. 또 하나는 원래 보수적인 성격이었던 제가 언젠가부터 성격이 바뀌더라고요. 탁구를 통해 다양한 사람들과 만나 소통하다보니 그렇게 된 거라 생각해요. 그런 분위기가 삶의 행복 중 하나가 됐죠."

생업으로 탁구 클럽을 운영하려는 건 무리라고 생각

오랜 기간 구장을 운영해 오신 입장에서 새롭게 탁구클럽 운영을 생각하고 있는 분들에게 조언 한마디 해주신다면?

"사람을 상대하는 직업이 대부분 그렇긴 하지만 탁구클럽 운영도 결국 사람 상대거든요. 거기서 오는 스트레스가 생각보다 클 수 있습니다. 조절하고 풀어가는 능력이 필요하죠. 그리고 무엇보다 수익구조상 경제논리로 접근하는 건 무리다 싶어요. 회원들 얼굴이 돈으로 보이기 시작하면 위험합니다. 결국 자기철학이 있어야 한다고 생각해요. 우리 회원이나 주변 동호인 중에도 탁구클럽을 오픈한 경우가 몇 있는데, 결국은 접고 말더군요. 특히나 생업과 연결해서 구장 운영을 생각한다면 솔직히 말리고 싶은 심정입니다."

시합 문화에 대해 꼭 하고 싶은 얘기가 있다고요?

"예, 탁구대회 출전부수에 대한 얘기인데요. 대회에 나가다 보면 하향출전 때문에 시합장이 시끄러워지는 경우가 종종 있습니다. 전 개인적으로 그런 생각이 들어요. 왜 그렇게 해서 본인의 인격을 깎아먹을까? 너무 안타깝더라고요. 너무 성적이나 결과에만 집착하는 거 아닌가 싶다는 거죠. 탁구를 좋아한다면 즐겨야 하는데 그게 아니고 싸움판 같은 생각이 듭니다. 대회 주관하시는 쪽에서도 조금만 신경을 써주면 좋겠고요."

출전 대회 중 그런 볼썽사나운 모습이 없는 모범적인 대회를 꼽는다면?

"다녀본 시합 중에는 강원도연합회에서 주관하는 횡성군

수배 경우엔 그런 일이 거의 없지 않나 싶어요. 제 경우엔 1회부터 8회까지 매번 나갔는데, 참가 인원부터 대회진행까지 세심하게 배려를 해서 시합 참가자 모두가 주인이 되는 느낌이거든요. 진짜 명품대회라는 생각이 들게 하죠. 아쉽게 구제역 파동 이후에 없어지고 원주시대회로 바뀐다고 하는데…. 횡성 시합 같이 참가자 모두가 즐겁고 행복한 대회가 더 많아졌으면 하는 바람입니다.”

그는 요즘 청운탁구클럽 외에 상일동 동사무소에서도 탁구를 가르치고 있다. 잘 나가던 중견사업가에서 탁구장 관장으로 변신해 멋지게 제2의 인생을 살고 있다고 자부하는 그는 어쩔 수 없는 탁구마니아다. 차 관장의 소망은 지금까지 10년 이상 그래왔던 것처럼 앞으로도 무탈하게 사람들과 소통하면서 탁구클럽을 운영하는 것이다. 소박하면서도 현실적인 그의 소망이 앞으로도 꾸준하게 유지되길 기대한다.

글 / 최진구(본지 객원기자, 한국길거리탁구 대표)

별아!

뇌선(雷線)을 그으며 밤하늘로 눈부시게
떨어져가는 그대는 옛날 창부 같다.
먼,
머언,
별아!

– 최하림 시집 『풍경 뒤의 풍경』 중에서

※ 故 崔夏林 詩人은 1939년 전남 목포에서 태어났다. 김현 · 김승옥 · 김치수 등과
   함께 '산문시대' 동인으로 활동했으며, 1964년 조선일보 신춘문예에 「빈약한 올페
   의 회상」이 당선되어 문단에 나왔다.
   시집 『우리들을 위하여』『작은 마을에서』『겨울 깊은 물소리』『속이 보이는 심연으
   로』『굴참나무숲으로 아이들이 온다』와 시선집 『사랑의 변주곡』 등이 있으며 주연
   현문학상, 이산문학상, 대한민국문학상 등을 수상했다.
   2010년 4월 22일 타계한 시인의 묘소는 양평 갑산공원에 있다.

                                        차주도 시집